だからあなたに
新しい、輝く世の

無駄な日々なんてなかった。
すべての想いが繋がって、この瞬間へと導いてくれた。

目覚めたとき、
どんな景色が待っているだろう?

花神遊戯伝

ちとせに遊べ、この花世界

糸森 環

18954

角川ビーンズ文庫

花神遊戯伝

天野知夏あまのちか

九支くし

緋剣 ひけん

胡汀こてい

朝火あさひ

未不嶺みふね

伊織いおり

白雨しらさめ

司義しぎ

咲耶さくや

春日かすが

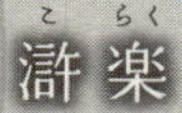

洲沙 すさ

遠凪 とおなぎ

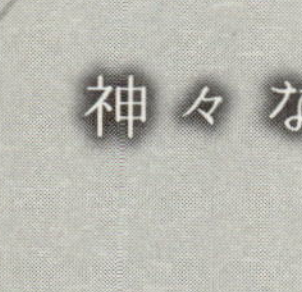

ぬまごえ

椰真 やま

茅 かや

果食食 かけけ

土老人 つちろうじん

これまでのあらすじ

蒸槻という不思議世界にトリップした女子高生の知夏。緋宮という女神的な存在に祭り上げられたり、地位を剝奪されたりと毎日が波瀾万丈！　そんな中で、神々に歪に支配された世界の秩序を人の手に取り戻すことを決意する。だけど共に戦ってきた緋剣の伊織が、帝・司義の奸計で暴走して――!?

口絵・本文イラスト／鳴海ゆき

美しい雪の夜だった。

夜の黒と雪の白。天地の境も掻(か)き消すモノクロのカレイドスコープ。

孤独(こどく)で、途方(とほう)もなく美しかった。静寂(せいじゃく)の夜だった。

何度も思い出す。あの雪は地上にばらまかれた祝福の花びらだったのか、誰(だれ)かの涙(なみだ)だったのか。今でもわからない。

それでも私はこの道を引き返さないだろう。

前を見つめ、賑(にぎ)やかな、光射(さ)す場所へと向かって走り続ける。

人生って一秒たりとも待ってくれないものだから。

制服のスカートを翻(ひるがえ)し、弾(はず)みをつけて、靴音(くつおと)高く、飛び込みたい。

花咲(はなさ)く、不思議な、この異世界！

一章

『泣くな、乙女。おまえが嘆けばきっと伊織もつらかろう』

蒸槻におわす龍の神、果食食様がそう言った。体軀は龍というより百足に似ているけれど、これは仮の姿だ。抱えていたひと振りの剣を腰帯に差し、私は果食食様のヒヒ顔を撫でた。長い髭が心地よさそうにそよぐ。

『我ら神々も、移り行く世を受け入れねばならぬのだろう。悲哀を繰り返し、喪失を繰り返し、なあ乙女、前へ前へと進まねば』

果食食様は優しく告げると、かさかさと音を立てながら私を中心にして一周し、宙へ飛び上がった。瘴気で汚れた大気の中を悠々と巡る。

短い間ぼうっとその様子を眺めたのち、私は地上に視線を戻した。蒸槻国の要である陽都。そこは今、以前の優雅さが幻だったかのように荒廃し、悪鬼や穢主の巣窟と化していた。太陽も見えない。

人々は病み、衰え、疲労困憊している。死者も増えるばかりで都は崩壊寸前だった。

「黄泉の中にいるみたい」

自分の考えに寒気がした。周囲では争いが続いている。私を殺したがっている伊織。彼の襲撃を防ごうと必死に剣を振るう胡汀。他の人たちも命懸けで戦っている。

「伊織の心に、手が届かない」

異形の者へと変わり果てた伊織の姿に、胸が痛くなる。大事な緋剣の一人で、胡汀の友人でもあった。優しくて、純情な人だった。

「伊織を苦痛から解放する方法は、私を殺すことだけ？」

彼は花神の子とされる龍神の血を継いでいる。穀物神である果食食様と双子の、宇迦迦様が実の父親だ。地の始まりの時代、憐れな花神を転生させるために龍神は首を斬り落とした。

私たちと敵対する倶七帝の策略で自我を失った伊織の頭には、神世同様に『花神を殺害せねば』という思いしか残っていない。

「諦めたくない。伊織を取り戻したい……！」

拳を握ると同時に、また涙がこぼれ落ちた。奥歯に力を入れ、嗚咽を堪える。

ほしいのはこんな涙じゃなく確実な力だ。絶望を覆す力を握り締めたい。

宙を泳ぐ果食食様が私たちを見下ろし、厳かに告げた。

『鎮まれ、伊織。陽女神を殺めてはならぬ』

獣のように胡汀に牙を立てようとしている伊織へと目を向ける。私たちの当初の目的は倶七帝に捕らわれた彼を救出することだった。ところが片っ端から希望が踏み潰されるはめに。

「正気に戻れ、伊織。化け物になるな‼」

胡汀の悲痛な訴えが耳に突き刺さる。伊織は誰の言葉にも反応しない。早く私の首を落としたいのに次々と邪魔をされ、腹を立てているようだった。苛立ちが滲む動作で胡汀の握る剣に噛み付く。自身の口が鋭い刃先で傷つくのも構わず強引に剣を奪い取り、地面に吐き捨てる。

「伊織、やめて」

掠れた声を出すのがやっとだった。足も動かない。胸に隙間なく石を埋め込まれたみたいだ。この冷酷な運命も大岩のように重い。骨が砕けるほど押してもびくともしない。

「どれだけの命を捧げれば、願いが叶うの」

戦いをやめない伊織へ腕を伸ばしたときだ。暗い空を滑らかに飛翔していた果食食様が彼に向かって急降下した。それに気づいた伊織は、狙いを胡汀から果食食様へと移した。

果食食様は、獣じみた速さで攻撃してくる伊織を軽く翻弄した。自身の百足めいた細長い胴をきゅっと彼の身体に巻き付け、動きを封じる。伊織は束縛から逃れようと激しく身をよじり、怒りのこもった雄叫びを響かせた。果食食様はどんなに抵抗されても、離れようとしなかった。

『神の子よ、荒ぶるな』

果食食様は髭の先端で伊織の口元を拭った。愛おしむ仕草だった。伊織の口から溢れる黒い澱が髭を汚す。劇薬のようにじゅっと音を立てて髭の表面を溶かした。果食食様はそれでも身を離さない。異形と化してしまった伊織を慈しんでいる。

『女神らが、おまえを恋しがって呼んでいる。少しだけ、耳を澄ませ』

その言葉に背を押される形で、私は「伊織」と名を呼んだ。声を失うまで呼べば、彼に届くだろうか？　深く息を吐き出し、そっちへふらふらと近づく。

途中、くいっと衣の裾が引っ張られる。行くな、と訴えるようなタイミングだった。振り向くと、後ろに洲沙が立っている。十歳前後の姿を持つ聡明な滸楽の少年。

「緋宮様、行かないで。殺されてしまう」

今にも掻き消えそうなか弱い声を出す洲沙に、私は腰の剣を――フワユル髪の穂野さんが残した剣を渡した。洲沙は唇を引きつらせると、銀の輝きを放つその剣を抱きしめ俯いた。

荒い呼吸を整えながら、胡汀がこっちに近づいてくる。

「おまえたち、怪我はないか」

「大丈夫、胡汀や果食食様のおかげで助かったよ」

手の甲で乱暴に涙を拭い、心配そうな表情の二人に笑いかける。

胡汀は無言で私の手を取り、伊織たちのほうに迷いなく歩き始めた。

「待って！　あの男に近づくのは危険です」

洲沙が慌てた様子でついてくる。周囲はまだ少しも安全じゃない。穢主は増え続けているのに、味方の数はごくわずか。誰もが疲れ果てていて余裕がない。

だというのに胡汀は、伊織しか見ていなかった。彼に語りかける。

「十分暴れただろう。いい加減、元に戻れ」

果食食様に動きを封じられている伊織は、目の前まで近づいた私たちに気づくと一層激しく咆哮した。自らが吐き出した澱で汚れている顔は、はっきりと変形していた。頭部が異様に盛り上がり、長い髪も大半が抜け落ちている。歯の形や目の色、手足の関節の向きもおかしい。脳裏に浮かぶ笑顔の伊織と、この異様な姿との落差。なにもかもが変わっている。涙腺が壊れたかのように次から次へと涙がこぼれた。

「私の声が聞こえる？」

伊織へと指を伸ばす。瘤のある額にそっと触れると、彼は耳が痛くなるくらいの雄叫びを上げ、死に物狂いの動作で私の手に嚙み付こうとした。

「あのね。どんな姿になっても、心が失われていても、あなたは私の緋剣だよ」

返ってくるのは獣めいた唸り声。私を殺害するという目的を果たせず苛ついている。知らず知らず溜息が漏れた。耳に届く争いの音。遠凪さんや朝火さん、未不嶺さんが戦い続けている。みずの様と兎神一族も右往左往しどおしだ。土老人の鳥居から出てきたモノたちも。

私たちのいる場所だけに、静けさが降りてきたように思えた。

「緋剣じゃなくなっても。私が緋宮じゃなくても。女神じゃなく、人じゃなくても、私たちは伊織が大事だよ」

私の横に並んだ胡汀も腕を伸ばし、伊織の頭部に触れた。

「仕方のないやつだ。おまえは昔から頭に血が上りやすく、我を忘れるところがある」

兄ぶった胡汀の声に、ふと頬が緩む。

「胡汀もかなり過激な性格だし、人のことは言えないと思う」

「知夏？」

「な、なんでもない！　私の周りって暴君だらけだ。胡汀は言わずもがなだし、朝火さんはドSだし未不嶺さんは王子様だし白雨さんも女王様だし、伊織だけが癒やしで」

「知夏？」

「イエ、全員、ステキな癒やし系です……」

笑いながらも涙が止まらない。伊織は相変わらず歎めいた声を上げている、穢主は増加するばかり、陽都に満ちる瘴気もいっこうに薄まる気配がない……。

『護女よ、手放されよ』

果食食様がカクリと首を左に傾け、静かにそう告げた。もう笑えなかった。

『我らの血を継ぐ龍の子を荒神にはさせたくない。どうか手放しておくれ』

「……伊織を、封じるの？」

果食食様は答えなかった。伊織を拘束したままゆっくりと後退すると、土老人の鳥居へヒヒ顔を向ける。異なる次元への扉の役割を果たす鳥居。伊織を連れていく気だ。

私はどうしても諦められなかった。伊織を取り戻すのは本当に無理なんだろうか。

なにか方法があってもいいんじゃないのか。

そうじゃなければ、せめてひとつだけでも救いがなければ、もう、とても。溢れ出しそうな感情を抑え込むため、俯いたとき。

「蒸槻に豊穣と繁栄をもたらす大いなる穀物神。どうか、知恵を」

隣にいた胡汀が凜然と言葉を放ち、片膝を地面に落とした。

「その男は自我を捨てた化け物である前に、友だった」

「胡汀」

「友を救うのに、どのような力が必要なのか。知恵を授けてはくれぬか」

私は息を吞んだ。今の胡汀は星神と同化している状態だ。蒸槻の地や人々への執着は以前よりもずっと薄い。神々に対しては憎しみすら抱いているはず。その胡汀が伊織のために、国に実りを授ける果食食様に敬意を払い、助力を願っている。

どんなことをしてでも伊織を助けたいって、思ってくれている。

「果食食様！　私たちに伊織を取り戻させて」

ひび割れかけていた心に光が戻る。私は弱いけれど、胡汀や周囲の人たちがいつもいつも、全身に熱を注ぎ、鼓動を与えてくれる。そうやって、ここまできた。

睨むような勢いで果食食様をじっと見つめる。

果食食様は、カタリと今度は右側に首を傾けた。そのときだ。

「——緋宮‼　早く、逃げろっ！」

私たちの斜め前方で穢主と対峙していた朝火さんが振り向き、突如大声を上げた。

胡汀が表情を引き締めて素早く立ち上がり、手のひらから再び剣を取り出す。護剣士が扱う特殊な隼鉄の剣は、血を結んだ緋宮が死なない限り何度でも作り出せる。

「回紹廷の者どもが来たぞ！　どうする、退却するのか！」

朝火さんの鋭い声に、少しのあいだ言葉を失う。

この状況で回紹廷が襲撃に？

ちりりり、と涼やかな蟲の声が耳に届いた。回紹廷で飼われている瘴気払いの蟲の声だと、そう教えてくれた穂野さんは、もういない。

瘴気で濁る路に目を凝らす。朝火さんの言葉通り、辻の向こうから揃いの戦袍を着込んだ集団が下ってくるのに気づいた。あの茜色の装束は回紹廷側のものだ。

彼らが悪鬼退治に協力してくれるはずがない。狙いは私たちだ。

「どこまでも、蒸槻の王は非情を貫くか」

胡汀の呟きを耳にして、瘴気が濃さを増した気がした。蒸槻という国はひとかけらの希望を抱くことさえ許してくれない。そこを支配する王も。

集団が近づいてくる。蟲の音と、呪を縫い付けた布を顔の前に垂らした、赤い衣装の呪弦師たちに守られる誰か。高貴な人だというのはその厳重な守られ方でわかった。

「倶七帝じゃない？」

別人だ。

「あなたは」

自然と眉間に皺が寄った。見覚えがある。冷たい眼差しと口元を隠す優美な扇。

「どこかで会ったことが……、ああ、そうだ、あの人だ」

すべての始まりとなった刑場で、力を失った架々裏さんを冷ややかに見つめていた男性だ。

「藤郎さんの——咲耶さんの父親だ」

私の呟きが届いたかのように、藤郎さんの父親は扇を閉ざした。

「射て」

挨拶すらなかった。彼の口から短い命令が発された直後、呪弦師たちが射手のように迷いなく弓を構え、矢を放った。剣士たちが扱う通常の矢とは違う。どうして？

悩んだのは一瞬だった。顔色を変えた胡汀が腕を伸ばし、私の身を乱暴に抱え込む。

「知夏!!」

矢がいくつもこっちに降ってくる。初めは、私を狙っているのかと思った。

そうじゃなかった。標的は、私に協力してくれる神々——果食食様だ。

「だから剣士じゃなくて、神力を持つ呪弦師に弓を持たせたの……!」

とはいえ緋剣たちが握る隼鉄の剣ならともかく、ちょっと神力を持つ程度の人間の矢が、神を傷つけられるはずがない。そう思った。

「え──？　そんなっ」

飛んでくる矢には目を見張る輝きがあった。龍神姿の伊織を射たときの矢と似ている。

「果食食様、避けて！」

数本の矢が果食食様の胴体を掠めた。伊織を束縛しているせいで素早く動けなかったらしい。

果食食様は鼓膜が震えるほどの鳴き声を上げ、身をよじった。伊織を解放してしまう。

果食食様の胴から血が流れていた。鱗めいた皮膚が急激に乾涸び、割れ始めている。

私は、はっとした。ここは儀式の場じゃない。今の百足的な姿は、この地に大きな影響を与えないための、いわば殻だ。それが割れようとしている。

本来の姿に戻ったら、果食食様はきっと長くここにいられない。

「果食食は蒸槻の柱神に数えられている。我らから神を引き離し、加護を奪うつもりか」

宙へと飛び上がった果食食様を見つめて、胡汀は強い口調で吐き捨てた。

「倶七帝の命令？……私たちを孤立無援にして、それで」

言葉を飲み込む。そこまでして、伊織に私を殺させようと？

神世で花神の首を落とした龍神。花神殺しを再現すれば、蒸槻の未来は再び倶七帝の手に落ちる。香気根呪法。同じ言葉や事象を繰り返し、より強い力に変える呪だ。

「倶七帝はおのれの天下のために、神すら道具と見なすのだな」

私を抱える胡汀の腕に力がこもる。道具。その言葉を噛み締める。花神という存在は倶七帝にとって最大の道具に違いない。確かな憎悪が腹部の底からわき上がってくる。

藤郎さんの父親と視線が交わった気がした。私はありったけの怒りを込めて彼を見つめた。少しも動揺を見せない。どころか、こっちの様子を観察している気がする。

——本当に、狙いは私たちから果食食様を引き離すことだけだろうか？

ふと疑問が生まれる。

「もしかすると、他に目的が」

胡汀に顔を戻したときだ。目の前に、色濃い影が降ってきた。

果食食様の束縛から逃れた伊織だった。片腕はさっき胡汀に切断されたけれど、反対側は無事だ。その腕を、私たちに向かって勢いよく振り上げる。鋭利な爪。宙を裂く。

「伊織——」

私も、胡汀も、とっさに動けなかった。襲われる。茫然とそう悟った。

「ふわゆる、私に、守る力を！」

強い声。それと同時に、閃く剣が目の端に映った。淀んだ色の瘴気の中でも輝きを失わない剣。その持ち主はもういないけれど、意志は他の者に受け継がれている。

「洲沙」

私の横に飛び込んできた洲沙が、穂野さんの剣を夢中の動きで振り上げた。先端が伊織の腕を切り裂く。致命傷にはならない。切断もしていない。わずかに肌の表面を傷つけたという程度だ。なのに、伊織はすぐさま飛び退いた。

苦しげな呻きを上げている。獣めいているというより、その声は。

「伊織！」

ひょっとして一瞬正気を取り戻した——？　喜びではなく、不安で背筋が震えた。蒸槻は決して残酷さを失わない。人の願いなんて見向きもせず、徹底的に踏みにじってくれる。

「下がって、洲沙！」

急いで洲沙の腕を掴み、引き寄せる。どくっと地面が波打った。冷たい汗が首筋を伝う。

「あ……」

龍神姿の伊織が地中を泳いだときのよう。だけど伊織は今、目の前にいる。彼の他に地を這う龍神はいないはず。

「荒神が生まれる」

胡汀の、ぞっとしたような声が耳に滑り込んだ。無意識らしく、私を一層抱き込もうとする。

「伊織は荒神にならないよ！　絶対にさせない！」

彼の恐れを払おうと、強めの口調で伝える。

「違う、知夏」

「違うって、なにを……」

「伊織じゃない」

胡汀は小さく首を振り、私を見下ろした。

伊織じゃない？　なら、誰が荒神に？

「果食食様？」

私？

胡汀？

それとも、悪鬼を祓ってくれているみずの様たち？

「違う」

問いのすべてを否定するように胡汀は小声で呟いた。視線を地面に落とす。

ようやく気づいた。私や胡汀、果食食様たちより、もっとも今、激しい怨念を抱き、荒神に近い場所まで追い込まれた者がいる。

「――宇迦迦様だ」

自分の口から勝手に言葉がこぼれた。宇迦迦神。穀物神である果食食様の片割れ。実子の伊織を守るため腕輪へと変化したのに、倶七帝によって無惨に叩き割られた。

守護を失った伊織は化け物のように変わってしまった。宇迦迦様は人の王に血で穢された上、靴の先で踏み潰された。そして今、果食食様までもが矢で傷つけられ、血を流した。

「宇迦迦様、目覚めないで……起きないで!!」

「花神を解放せよ！　嘆く女神の首を落とせ！」

私の叫びに、藤郎さんの父親の大声が重なった。

怨念が、噴き上がった。

大地が大きく揺れ、小さな亭が立っていた場所から黒い水がどろっと迸った。見る間に勢いを増し、へどろの塊を出現させる。

「宇迦迦様、だめ、心を捨てたらだめ!!」

おぉ、おぉぉ、と凄まじい怨みの声をまき散らす巨大なへどろの蛇。目もなく、手足もない。ただぽっかりと、ホースのように口だけがある。そういう醜い荒神が私たちの前に現れた。

「倶七帝の執心が、これほどまでとは。恐るべき一念だ。神も大地も狂わせて、俺の鳥の命を奪おうとする」

胡汀は低い声で呟いた。

「そうだ、伊織は、宇迦迦様の子」

背筋に悪寒が走る。つまり、私を……花神を殺すのは、宇迦迦様でもかまわない。それで神世は再現される。香気根呪法が、繰り返される。

「朝火、遠凪、未不嶺、小さき神々ども！　花神を奪われるな——知夏を守れ!!」

胡汀が怒鳴り声を上げた。散らばって穢主を退治していた遠凪さんや朝火さん、未不嶺さん、そして兎神一族が彼の声を聞きつけてこっちに集まってくる。土老人が変化した鳥居から現れたモノたちには、彼の言葉は届いていなかった。鳥居の前に静かに佇む山伏のような恰好の人が鳴らす鈴の音に合わせて、やんやと騒がしく穢主を祓い続けている。

獣形の遠凪さんが私たちの前にやってきた。彼の口には、私が落とした弓がある。隼鉄の弓だ。それを受け取り、神力で小さな欠片に戻したとき。

「遠凪、知夏を連れて陽都を離れるんだ」

胡汀は感情を殺した平淡な口調で告げると、私の身を乱暴に遠凪さんの背に乗せようとする。

「待って、胡汀」

茫然とした。私を逃がすつもりだ。

「どこか遠くへ連れていけ。誰の手も届かぬ、誰の怨みも届かぬ、ただ花だけが咲くささやかな地へ。決して目を離すな。この呑気な娘はすぐに傷を作ってしまうから」

「胡汀!!」

「俺の、愛しい鳥。死ぬならおまえや友のためがいい」

胡汀は優しく微笑んだ。なんだか胸が痛くなるような、柔らかい表情だった。

「長い年月、おまえたちの仲を引き裂いてしまった。もうよい。なにより慕った月神と今生で添い遂げよ」

彼は両手で私の頬を包んだ。言葉とは裏腹に、銀色の滲む藍の瞳は情に溢れ、切なげだ。肌に伝わる熱も。唇からかすかにこぼれた吐息も。

「怨みのすべては俺が全部飲み込んでやる」

さあ、行け。

彼の囁きが胸に落ちた瞬間、私は——逆上した。

「千年、調教するって言ったくせに!!」

もどかしくなる。そもそも花神と月神の恋を引き裂いたのは星神じゃない。花神の無知と無力さが、ことじろの妬みと怨みが、月神の優しさと弱さが!!

「胡汀が償うことなんてなにもない！」

私の叫びに宇迦迦様が……荒神が反応した。蛇のように地を這い、へどろを辺りにまき散らしながらこっちへ突き進んでくる。胡汀は強引に私の身体を遠凪さんの背に押し上げた。

朝火さんと未不嶺さんが胡汀とともに荒神へと剣を向ける。

「宇迦迦様、とまって！　こんなのは、嫌!!」

呼びかけても応えはない。苛烈なまでの怨みが、宇迦迦様を突き動かしている。

私の中にある神力が花神の念を伝えてくる。悲しげな訴えだ。

可哀想な猛る神を止めてほしい。憎し者たちが描いた通りの無慈悲な世を招いてはならない、今ここで怨みの歴史を断ち切らねば。猛る神を、鎮めねば——。

でもどうやって！

胸中で叫んだ直後、ひとつ方法があることに気づいた。

「食い止める！　ここにいる全員を犠牲にはしない」

私は奥歯を嚙み締めた。胡汀を責める権利は、私にないみたい。

「いけません緋宮様、遠凪様から下りないで‼」

誰よりも早く声を上げたのは洲沙だ。涙を振り切り、穂野さんの剣を握り締めて荒神を睨みつける。洲沙の横顔にも、皆と同じ悲壮な色があった。

「遠凪様、今のうちにお逃げください！」

「逃げない。私はどこへも行かない」

動こうとする遠凪さんの毛を、ぎゅっと両手で握り締める。

「花神は逃げることしか知らなかった。私はそれを繰り返さない。遠凪さん、動かないで」

遠凪さんはわずかに身じろぎした。けれど、私の言葉に従ってくれた。

近づく荒神を見据えながら舌打ちしたのは朝火さんだ。

「行け、緋宮！」

「行かない」

「けだものめ、なにをしている！　緋宮を連れていけ‼」

遠凪さんはちらっと朝火さんの背中を見遣ったけれど、やっぱり動かなかった。胡汀と未不嶺さんが焦りと苛立ちの浮かぶ表情を私に向ける。

「阿呆鳥め、意固地にならずに飛んでいけというに！」

「緋宮、我が儘を言わずに陽都を脱出しろ！」

緋剣たちは、私が感情的になって行けずにいるんだと勘違いし、腹を立てている。

私も同じくらい腹を立てていた。自分の命を盾にして私だけに「生きろ」とせっつく彼らを。

「のけ者にしないでよ」

――遠凪さんだけが私の気持ちをわかっている。私たちは日月の王。誰よりも、その言葉の重みを知っている。

「私は月神と……遠凪さんと、添い遂げる」

逃げろ、って散々訴えていたくせに、私がきっぱり宣言すると、緋剣たちは揃って怒りをたたえた顔で振り向いた。「許せない！」というように。

「ここで添い遂げる。胡汀と、未不嶺さんと、朝火さんと、伊織と、洲沙とも。皆と添い遂げて死ぬ」

全員、なにか言いたげに私を見つめた。

「それとも皆、どこの馬の骨とも知れない相手と私が結婚して、のほほんと幸せになっていいっていうの？」

あれ、ちょっぴり脅迫している気分になってきた。

正論では従わせられない厄介な人たちだ。こういう言い方をすれば、反応してくれる。

「まこと腹立たしい鳥だ。折檻されたいのか？」

「緋宮め。我らや憎し許楽どものみならず、他のどうでもいい男まで誘い込むと？」

「遠凪様だけと添い遂げてくだされればいいのに……」

「だいたい、どこの男と添い遂げるつもりだ。いつの間にそんな男を作ったのか？　あれほど節度を持てと幾度も忠告したのに、少しも反省せぬとは。なぜ緋宮はそうも……」

緋剣や洲沙たちは確実な死を前にした厳しい状況だというのに、顔を見合わせ、ざわざわした。私を乗せている遠凪さんが「馬鹿どもが……」と言いたげに、ふー、と溜息をつく。

荒神は、周囲の穢主たちを捕らえ、飲み込みながらじわじわと接近してきた。

気弱な兎神一族が、震えながらも私たちを守るように集まってくる。みずの様を乗せた凜々しい茶系碁子ちゃんも、ぴょんと飛び跳ねて遠凪さんの頭部に着地した。

「護女、緋剣らの気持ちを汲んでおやり。せめてきさまだけでも身を守らねば」

「私は、最後」

みずの様は戸惑ったように釣り竿を揺らす。

荒神が咆哮した。瘴気が渦を巻き、烈風となって私たちを襲う。

殻の大半を脱いでしまった果食食様が対抗するように、ごう、と音を立てて息を吐く。果食食様の口から大量のつかわしめが飛び出た。色とりどりの鮮やかな衣をまとっている。

以前、果食食様の儀式の中で見た魚たちと同じだった。

つかわしめたちは「それ、それ」と拍子をとると、荒神の身体に細い縄を巻き付けた。足止めできたのは一瞬で、荒神はぐねぐねと左右に身を振って縄を引きちぎる。

「宇迦迦様。救えなくても、私たちは宇迦迦様を見捨てない」

遠凪さんの背から下り、皆の前に出た。胡汀たちが鬼ソックリの顔をして私の身体を引っ込めようとしたけれど、それに「だめ！」と首を振る。

「猛る神よ、私は先にゆく」

陽女神っぽい口調、というのを心がけてゆっくり紡ぐ。

胡汀たちが訝しむ気配が伝わった。私はちょっとだけ困った。

「陽女神は、龍神に殺されるわけにはいかない」

だから、遠凪さんと一緒に逃げるのは許されない。もしも私が逃亡に成功した場合、完全に陽都が落ちてしまう。荒神と伊織は私を捜して陽都を蹂躙するだろう。私を殺すまで諦めないだろう。二つの廷は荒神を鎮めるため、春日さんを身代わりに仕立てるかもしれない。

龍神が花神を殺す。その香気根呪法が完成してしまう。

「断ち切る方法がある」

荒神の前で、自害することだ。そうして、示す。

花神はもう誰にも殺されたくはない。神世を繰り返したくはないって。命をかける覚悟を見せないと、『花神』の解放に囚われ続けている荒神と伊織はいつまでも地をさまよう。

私は伊織に目を向けた。彼は壊れた人形のように、ぼうっと立ち尽くしている。

「伊織を取り戻したい。宇迦迦様の怨みを消したい」

「知夏、おまえ」

私の考えに気づいたらしく、胡汀は愕然と見つめてきた。朝火さんと未不嶺さんも、まさかというように振り向く。うつくしい仲間たちだ、とふいに誇らしさを覚える。その魂が。

「胡汀、さっき死ぬなら私や友のためがいいって言ったよね。私もだよ」

「――馬鹿な」

「皆と添い遂げる。心を捧げる」

遠凪さんから受け取った弓――小さな欠片へと戻した隼鉄を、今度は短剣に変える。

「なぜ、こうなる？　なぜいつも花神だけが犠牲になる!!」

私へ手を伸ばしかけた胡汀を、未不嶺さんが険しい表情でとめた。すぐに鋭い視線を寄越す。

「緋宮、ご自身とて先ほど、のけ者にするなと訴えただろうに。なのに次はあなたが私たちを置いていくという。戯言はやめないか」

未不嶺さんのあとに続いて、朝火さんも口を開く。

「我らだけ生きのびて、幸せになれとおっしゃるんですか？　あなたの死後、俺がそれに感謝して笑顔で暮らしていけると思うのか。狂いながら生きることの、どこが幸せだ」

朝火さんは暗い眼差しを私に注いだ。

それに、静かに首を振る。

「私は緋宮として立った。緋宮は、蒸槻の飾り物じゃない。あなたたちは私を護る剣の定めを受け入れた。護りなさい。私の意志は、あなたたちの意志になる」

朝火さんは、はっと目を見開き、たじろいだ。

「知夏!!　おまえが死んだら俺が荒神になるぞ!!」

少しも受け付けようとしないのは胡汀だった。未不嶺さんの腕を振り切り、私の手から短剣を奪おうとする。それより早く朝火さんが動き、胡汀を押しとどめる。色濃い不安と狼狽を窺わせる彼らの姿を見て、なんだか虐待でもしているような、変な気持ちになった。

「緋宮様、どうして？」

茫然と近づく洲沙の衣の裾を、遠凪さんが咥えてとめる。

「失われたものが多すぎたよ。摑んでも摑んでも、水のようにこぼれていく」

そのたびに味わった苦しみの数々が胸の中に沈殿し、私の心を変えていった。この異世界に暮らす人々のように、死がとても近いものとして映り始めた。決定打となったのが穂野さんの最期だ。自分の身にも前触れなく起こりうることなんだ、という考えがすとんと胸に落ちた。制服を着て呑気に通学していた頃の私はどこへ行ったんだろう。この異世界は故郷よりも時間の流れが緩やかで、季節の長さも違う。それでも、元の世界の時間と照らし合わせたって、一年は経っていないはずだ。そう思ったところで、我に返る。こっちに集中しないと。

目の前まで迫ってきた荒神の、ホースに似た口を見つめる。滴る澱。黄泉へと続くような暗い穴だった。腐肉のような異臭が荒神の呼吸に合わせて漂う。

「陽女神の血を引く女なの。私にだって意地がある。苦しむ龍神を前にして、逃げ出したりはしない。陽女神の一族はいつまでも弱いままではいない！」

短剣を持つ手がかすかに震えてしまった。大丈夫。一度は死んだ身じゃないか。逃げるために死ぬわけじゃなく、蒸槻の地を覆う呪いの鎖を壊すためだ。それは、私にしかできない。香気根呪法を叩き割れば、悲運に彩られた滸楽たちの運命も変わっていく。滅亡を阻止できる。

「知夏‼　本気で馬鹿な真似をするのか。俺がやめよと言っているのに、おまえは！」

怒りに染まった胡汀の声。暴れる彼を朝火さんたちが懸命に押さえ込んでいる。

胡汀のことが好きだ。

一緒にいると心がきらきらする。弾む。指先まで熱くなる。幸せな気分になる。

けれど胡汀だけを選べない。こんなにも身体中に恋が満ちているのに、選べない。

「私って、永遠の阿呆鳥だよね？」

いつもいつも胡汀の言葉を無視して勝手なことをするから。

「知夏‼」

生まれ変わって、もう一度巡り合いたい。この望みは叶うだろうか？

「猛る神、私の死は蒸槻ではなくあなたのもの」

短剣の柄を両手で握り、先端を腹部に押し当てたとき。

「もぅ、困った子たちねぇ」


んふ、と甘い笑い声が降ってきた。

聞き覚えのある声にぎょっとし、慌てて視線を動かす。荒神の捕縛を諦めたつかわしめたちが上空で寄り集まり、身にまとっていたきらびやかな衣を脱いで一斉にぱっと翻す。

するとそこで白い風が渦を巻いた。その中心から懐かしい人が出現する。

「あ――」

「そんな悲壮な顔をしちゃって。女はどんなときでもあでやかでいないと、ねえ？」

赤い唇が、笑った。黄色の小花が散る白い裾。薄紅色の羽衣。濃密な色気が滲む豊かな肉体。年は、私の母親と同じくらいに見える。

「茅さん!?」

伊織の母親だ。彼女は果食様の儀式のとき、伊織に不器用な愛情を示し、贄の運命を選んだ。だから……既に『人』ではないはずだ。

その証拠に、全身が淡い光に包まれている。衣の裾はわずかに透けていた。

「緋宮ったら、だめよぅ」

「え……」

「私の男を誘惑するなんて、案外やり手ね？」

「ええっ⁉」

「いくら緋宮でも渡さないわよぅ？」

「な、なんの話ですか！　違います、誘惑できるほどの色っぽさが皆無だし！　って茅さん、どうしてここに！　早く皆と逃げ……っ」

茅さんは羽根のような軽さでふんわりと私の近くに降り立つと、笑いながら睨んできた。

んふふ、と蕩けそうな吐息を落とし、前を向く。つかわしめが仕掛けたすべての縄を引きちぎり、今にも私を飲み込もうとしていた荒神のほうに。

「ばか」

子どもでも叱るように、茅さんはほんの二十センチくらいまで迫った荒神の顔——というかホースのような口の縁——を、ぺち、と軽く叩いた。

力を入れているふうには見えないのに、その手は効果覿面だった。荒神は毛を逆立てた猫のように一度身を膨張させ、断末魔に似た声を上げた。弾丸のように、周囲に飛び散る澱の雫。

そこから穢主が出現するも、なぜか萎れた花の風情でぐちゃりと潰れ、また澱に戻る。

「どうして……？」

澱を必死に清める兎神たちから目を逸らし、私は呟いた。皆も唖然と茅さんへ顔を向ける。

「私以外の女を食うっていうのかい？　宇迦迦のくせに随分思い切った真似をしてくれるじゃないの。図々しいったら」

たぶんこの瞬間、私だけでなく他の皆もぽかんとしたに違いない。

「私はね、浮気をするのは大好きだけど、されるのは許せないのよ」

そ、そういう問題なの⁉　と、これも全員、考えが一致したに違いない。

偶然なのか、荒神までもが一瞬動きを止めたものの、すぐに呪わしく咆哮した。間髪を容れずに茅さんがまた、ぺちんっと口の端を叩く。

「うるさいよ」

茅さんは鬱陶しげに言った。強い。というか、冷たい！

「まったくなんてざまなの。おまえ様ったら本当、私がいないとだめなのねぇ」

呆れたように笑うと、彼女は両手を荒神の口に当てた。優しく、優しく、宥めるように白い手が動く。荒神は茅さんを襲う素振りを何度も見せた。なのにどうしてもできないようだった。

「この茅が、楽土の果てだろうと黄泉の果てだろうと道連れになってあげるから、もうおやめ」

荒神は悲しい咆哮を聞かせた。どろりと、胴体から一気に澱が流れ落ちていく。

「おまえ様は弱くていいのよ。その代わりに私が強いでしょう。誰もが強くある立派な世など、遊びがいがなくてつまらぬもの」

おぉ、おおぉ、と荒神が泣く。誰一人、邪魔できなかった。

「──宇迦迦様」

私は思わず呼びかけた。穢れた神が、元に戻るなんて。

やっと奇跡が？　本当に？

「さあ、鎮まりなさいな。気弱なおまえ様が恋しいわ」

信じがたい光景だった。ただ一途な恋しさが、怨みも怒りも圧倒したのか。

その答えに、心を貫かれる。恋しさだけが、すべて……。

「おまえ様も、この猥りがわしい奔放な茅が恋しいわね？　そうでしょう？」

荒神は見る見るうちに小さくなり、とうとう茅さんの手のひらに乗るような蛇に変わった。

宇迦迦様はぴくりともしない。眠っているのか、疲れ果てているのか。

茅さんは大事そうに宇迦迦様を両手で包んだ。

「宇迦迦は連れていくよ。ここに置くと、また荒神になってしまう。蘇るには長い月日が必要だからねぇ」

そこで茅さんは言葉を切り、伊織に目を向けた。彼女らしい、ふてぶてしい笑みは消えなかったものの、瞳には隠せない悲しみがある。

「残念だけど長居はできないのよ。私の力では、宇迦迦を鎮めるので精一杯だわ。緋宮、あの子は、救われるかしら」

すぐに答えを返せない私を見て、彼女はほうっと儚い息を落とした。

「いいのよ、救えずともね。ただ……できるなら、あの子を見捨てないでほしいわねぇ」

「私の力が足りないせいで、伊織を苦しめてしまいました。でも決して一人にはしません」

茅さんは安心したように笑みを深めた。伊織のほうへ近づこうとして、ふと自分の身を見下ろす。背後の景色がわかるくらい、全身が透け始めていた。

「私ったらやっぱり悪い母親だわ。我が子を抱きしめることもできやしない」

自嘲の笑みに、私は首を振る。

「きっと心で触れました」

「あら、かわいいことを言ってくれる」

茅さんは、少女のような明るい笑い声を聞かせた。

「んふ。果食食の贄となったときの徳を使い果たしちゃった。また、いちから徳を積まないと」

茅さんの姿が、じんわりと崩れ始めてきている。はっと手を伸ばす私に、彼女は首を横に振った。誘うように袖を回し、しどけなく首を傾ける。

「緋宮、簡単に死んだらだめよ。私たちが怒るんだからねぇ」

ごうっと上空で、風が巻き起こる音。完全に殻を脱ぎ捨てた果食食様が胴をうねらせ、こっちに向かって下りてくる。

「茅さん！」

「さあ、もっと暴れなさい、緋宮」

茅さんは楽しそうに言うと、手を振った。その瞬間、本来の姿を取り戻した果食食様が横から勢いよく彼女の身体を飲み込んだ。激しい風を生みながら、上空へとのぼっていく。

果食食様は一度だけ私たちを見下ろした。餞別のつもりか、私たちの周囲に近づき始めていた悪鬼を吹き飛ばす。そして土老人の鳥居の中へと飛び込んでいった。

つかの間、静寂が訪れた。

いち早く我に返ったのは胡汀だった。

未不嶺さんたちの手を振り切り、がつりと勢いよく私の腕を掴む。

「おまえ……っ、よくも!!」

殴られると思って一瞬身が竦んだ。実際胡汀は今にも私を殴打しそうな怒気を放っていた。

「この……、この女は……っ」

怒りで言葉が出てこない、という彼の様子に、狼狽えてしまう。もしも逆の立場だったら私も死ぬほど腹を立てたかもしれない。

胡汀は片手で私の髪を掴み、乱暴に引き寄せた。

「え、胡――？　痛……、い、痛い!!」

最初は髪を引っ張られた痛みだけだった。けれど胡汀の次の行動は、ある意味、殴打と同じくらいの強い痛みをもたらした。がぶ、と首を嚙まれたためだ。

「痛いっ!!」

子犬のように甘嚙み、なんて可愛らしいシロモノじゃない。これは猛獣の一撃だ。

本気で首の皮膚を引きちぎられそうだ。堪えきれず、悲鳴を漏らしてしまう。

凍り付いていた未不嶺さんと洲沙がやっと動き、私の身体から胡汀を遠ざけてくれる。

「ひ、緋宮様、肌に血が滲んでる！」

恐怖と痛みに縮こまっていると、洲沙が背伸びをして私の頭を引き寄せ、あたふたと叫んだ。

傷の状態を心配してくれたのは洲沙だけで、朝火さんのみならず未不嶺さんまでが同情の余地なしという冷たい目を注いでくる。私の緋剣ってどうしてこう、凶暴な人たちばかり!?

「俺も嚙んであげましょうか？」

朝火さんは怒りをたたえた口調で言った。

「い、いい！　いらない！」

ぞっとしつつ一歩後退したとき、腰になにかがぶつかった。

「あっ、美獣様」

獣姿の遠凪さんが「遊んでいる場合じゃない、阿呆め」と叱る目をして私を見上げていた。

すぐに周囲へと視線を向ける。そうだった、問題は荒神だけじゃないんだった。

「穢主が増えている！」

未不嶺さんが警戒を呼びかけた。茅さんとの再会と別れを振り返る余裕もない。場が再び動き始める。新たに出現する穢主たち。一斉にこっちへと突進してくる。そして伊織も。

胡汀たちが覇気を見せ、揃って剣を構えた。私も急いで、握っていた短剣を弓へと変える。

状況は好転したとは言いがたい。それでも、茅さんの登場は確かに力を与えてくれた。

死は近いものだ。その考えは、胸から去らない。

「けれど、簡単に受け入れちゃだめなんだ」

おろおろとする兎神一族を庇いながら、矢を放つ。一カ所に集まっているのは危険じゃないだろうか。皆も同じ懸念を抱いたようだ。離れすぎない程度に少しずつ移動する。

「洲沙、後ろ！」

私は声を張り上げた。穂野さんが残した剣は、洲沙の体格とは不釣り合いだ。剣の重みと長さが原因で、どうしても動きが遅れてしまう。

一体の穢主をなんとか斬り捨てた洲沙の横に、もう一体、別の穢主が迫っていた。

「洲……っ」

私が矢を構えるよりも早く、他の者が駆け寄ってその穢主を一刀両断する。

洲沙はびっくりした顔で、その人を仰いだ。

庇ったのは朝火さんだ。

彼は穢主を退治すると、苦い顔で洲沙を見下ろした。条件反射で助けたらしかった。

「二人とも、早く動いて！」

彼らのそばに伊織が接近している。二人が、はっと振り向き、顔を強張らせる。

「伊織、だめ！　二人を襲っちゃいけない！」

痛みを訴える心。それを静める方法もわからないまま素早く神力の矢をつがえ、伊織に狙いを定める。ところが。

「――？」

伊織は、洲沙たちではなく、彼らに飛びかかろうとしていた穢主を叩きのめした。

「どういうこと」

弓をおろし、ぼうっと伊織の動きを見つめる。彼は、忍び寄る穢主たちから朝火さんと洲沙を守っている。

「どれほど呼びかけても、自我を取り戻してくれなかったのに、どうして？」

彼のほうへと数歩近づく。俄には信じがたい光景だった。

散々期待を裏切られてきている。何度願ったところで奇跡は起きてくれなかったから。

「少しずつ、願う道へと進み始めている？」

息を呑み、ここまでの道のりを振り返る。

胡汀が繰り返し彼の名を呼んだ。

私が神力の矢で射た。洲沙が穂野さんの剣で斬った。

果食食様が憐れんだ。茅さんが現れた。

こうした小さな出来事の積み重ねが、伊織に変化を与えたんじゃないだろうか。

「私は勘違いを、していた」

奇跡って、魔法のように超越した力が巻き起こす特別なことだと。

「そうじゃなかった」

色々な人たちの精一杯の想いや祈りが、奇跡っていう形になるんじゃ？

彼へと向かっていた足が、自然と速くなる。鼓動の高鳴りを感じた。私はいつの間にか、奥歯を噛み締めて力強く駆け出していた。

「伊織」

数体の穢主を引き裂き、噛みちぎっていた伊織の背に、どんっと勢いよく飛びつく。異形と成り果てた身体には、元に戻る気配は感じられない。肩甲骨は不気味なほど盛り上がっていた。骨格自体が鬼のように変わっている。髪も、大半が抜け落ちて隆起した頭部が覗いている。脚は逆側に折れ曲がっている。片腕はない。胡汀が切断してしまったから。

それでも伊織は、私が背中に張り付くと、ぴたっと動きを止めた。

「皆の声が、届いた？」

おかえり、って言いたい。その言葉も、彼の心に届くだろうか？

喉を駆け上がる激情を必死に堪える。泣きたくてたまらないような気持ちだった。

「チカ」

不明瞭な獣じみた声が耳に滑り込み、息が止まりそうになる。

「名前？　今、私の名前を呼んだの？」

伊織の背中に額を押し当てる。呼んだよね？　私のこと、知夏って。

ああもうだめだ。心がぱんっと音を立てて破裂しそう。そう思った瞬間、放心した様子でこっちを眺めていた朝火さんたちが急に表情を険しくした。

「緋宮、穢主がそばに！」

さっき伊織に背中を引き裂かれた穢主が、澱の色の血を流しながらもしつこく忍び寄ってきていた。慌てて弓を構えようとして、よろめく。

しまった、と焦った瞬間にはもう遅かった。重心を崩してその場に尻餅をついてしまう。

「緋宮様！」

こっちへ駆け寄ってきていた洲沙が途中で立ち止まり、目を見開いた。

私も、座り込んだ体勢のまま強引に弓を構えようと四苦八苦したところで、気づく。伊織の件に続いて、不思議な光景が目の前で起きている。

「穢主が、穢主を襲ってる？」

突然の仲間割れ。一部の穢主が、私たちには目もくれず共食いを始めている。

「な、なんで——？　わあっ！」

原因がわからずぽかんとしていると、いきなり身体が宙に浮いた。

「い、伊織っ⁉」

鬼のような姿の伊織に、片腕で不器用に抱き上げられる。言葉なく彼の顔を見つめる。黒々とした目だ。感情やぬくもりはちっとも窺えない。それでも今は、十分だった。

「私が誰か、わかるんだね？」

そっと尋ねたとき、複数の足音が近づいてきた。胡汀たちだ。

伊織はどこか怖々とした動きで、私の身体を胡汀に差し出した。

胡汀が無言で彼を見つめ、静かに腕を伸ばす。私は思わず、胡汀の手を摑んだ。その状態で地面に足をつける。戸惑う胡汀の手を引っ張って伊織の頰に押し当てる。

「――」

胡汀は口を結び、優しい手つきで伊織の頰を撫でた。宇迦迦様を宥めた茅さんのように。虚ろだった伊織の瞳から丸い涙がこぼれ落ちる。彼の心は失われていない。それを確信する。

「……緋宮、あれを」

朝火さんが躊躇いがちに言葉をかけてくる。

私はびっくりした。仲間割れしていた穢主の一部が、じいっとこっちを見ている。

「帰リタイ」

その穢主は聞き取りにくい声音で囁いた。彼らもまた、もの悲しげに泣いていた。私は瞬きも忘れて穢主たちを見つめた。溷に塗れた、歪んだ体型。意識に引っかかる。

「あなたたちは、蛇神一族の仲間？」

蛇神一族の長さんの言葉がふっと脳裏をよぎる。一族は嬉々として穢主となり……。

視線を巡らせると、不思議な面をかぶったモノたちが、役目を終えたというように少しずつ土老人の鳥居に戻っていくところだった。花魁めいた華やかな衣装のモノ――長さんらしき姿もあった。穢主と化している仲間に見向きもしない。彼らの嘆きに耳を貸すことも。

「帰リタイ、帰リタイ……」

穢主が恐る恐る近づいてくる。未不嶺さんが剣を構えようとするのを、朝火さんがとめた。

「和爾一族もいるようだな」

朝火さんの言葉が胸に突き刺さる。土老人の鳥居に戻るモノたちの中にも和爾一族がいる。蛇神一族同様、一部のものは穢主に取り込まれてしまったんだろう。

「戻リタイ」

縋るように手を伸ばしてくる穢主たち。

「――うん。戻ろう」

未来に、戻ろう。

たとえ今は無理でも、きっといつか。

私も穢主に手を伸ばした。今度は未不嶺さんも止めなかった。

茅さんが宇迦迦様にしたように、胡汀が伊織にしたように、穢主の頬を撫でる。穢主たちは化け物じみた身を揺らし、耳障りな声を上げ始めた。慟哭のようだった。

「緋宮、儀を」

朝火さんが顔をしかめ、躊躇いを覗かせながらも小声で言った。浄化の儀をやろう、という意味だと思う。それに頷き、振り向いたとき。

「――!?」

ひゅ、っと風を切る鋭い音が耳に届いた。

視線を正面に戻すと同時に、びしゃりと、水を撒いたような嫌な音がした。

虚空を突っ切る矢が穢主の頭部を貫く。地面に広がる澱色の体液。

「え……?」

「知夏、下がれ!!」

乱暴な手つきで胡汀に腕を引っ張られた。

つかの間頭の中が真っ白になる。思いも寄らない光景に、感情が追いつかない。

次々に飛んでくる矢。それが穢主たちを襲う。

徐々に考えが回り始めた。身体中の細胞が煮立つような感覚。

「そんな」

地に倒れ、溶解し、消滅していく穢主たち。そっちへと腕を伸ばす前に、胡汀に荒っぽく抱き寄せられた。朝火さんらとともに後退する。

「そんな!!」

誰が、矢を。

「龍神の子よ、臆したか！」

男性の高らかな声に、私たちは動きをとめた。戦い慣れした様子の呪弦師たちに守られている五十代後半あたりの貴人——藤郎さんの父親が、閉じた扇子の先をこちらに向けていた。

「蒸槻の破滅を願うまれびとの讒言につられたか！　聖剝ぎ、悪しきつく読み、屎まり散らすあらふる神の子らが、穂の立つ蒸槻を蹂躙するのか!!」

「ち——違う!!　私たちは陽都の浄化に来た！　不浄を招いたのは、倶七帝のほう……」

私の言葉に被せるように、彼はさらに大きな声を上げた。

「和さぬ穂振る禍神どもよ、人世の渡りは許さぬ！　黄泉へ去れ！」

降り注ぐ矢が、私の盾になった伊織の身体に突き刺さる。それを見たとき、目の奥が赤く染まった気がした。

表情を険しくさせた胡汀と朝火さんがすぐさま前に出て、剣で矢を叩き落とす。

「やめて！　やめて!!」

「王の道をわけし者、太刀を取れ!!」

藤郎さんの父親の声は確たる神言のようによく響いた。私たちは誰もが気圧されていた。

「おうの、ち」

それは、誰のこと――。

「未不嶺様！　太刀を!!」

私たちは息を呑み、茫然と立ち尽くす彼――未不嶺さんを見つめた。

「わ、私が？」

未不嶺さんは全員を見回すと、顔を強張らせ、よろめくように数歩後退した。

――どうして未不嶺さんに!?

「忌ぬ子と呼ばれたまま一生を終えられるのか！　人扱いされぬ定めでよいのか！」

「あ……」

未不嶺さんは口をぱくぱくさせ、藤郎さんの父親の声に操られたように剣を握り直した。

恐ろしいものでも見るように、伊織のほうを向く。

「ご自身の定めを今こそ切り開かれよ！」

唐突に思い出した。未不嶺さんは以前、倶七帝に犬呼ばわりされていた。彼は倶七帝の異父兄弟だ。王族は基本的に近親婚が認められている。血が薄れることを嫌うからだ。

その蒸槻においても王族の異父兄弟は忌避される。なぜなら回紹廷は、男王が治める地だ。

帰鼓廷とは反対に、女の側が複数の男性と関係を持ち、血を曖昧にするのは批判される。だけど、王族である事実は変わらない。

「倶七帝と、同じ血筋」

私の呟きに、未不嶺さんはびくりと肩を揺らした。

彼の祖もことじろだ。今頃その事実を真剣に考えた。異父兄弟だとわかっていたのに。『私の緋剣』というイメージが先行して、彼の生まれについてを深く捉えていなかった。

あぁ、だからあんなに倶七帝に執着を……。

忠誠心だけじゃなかった。もっと複雑な思いを抱えていた。それを、知ろうとしなかった。

「ひ、緋宮、私は」

未不嶺さんは瞳に恐怖を映して私を見つめた。

「未不嶺様、陰の気に穢された蒸槻の世を護られよ！　龍たる子が陽女神を殺せぬならば、あなたが龍たる子を封じるのだ‼」

彼は香気根呪法をけしかけているんだと気づいた。幾重にも、似た言葉や事象を重ねて力をより強いものへ。振り払っても振り払ってもしつこくまとわりついてくる恐ろしい呪法。

神世で龍神が花神の首を斬り落とした。その龍神を、ことじろが殺した。古の悲劇を再現し、激しい怨みの念を蒸槻の守護の柱にしようと。根が深い。簡単には呪法を取り除けない。

「あなたたちは、どこまで……っ」

怒りで身体が燃え落ちそうだった。未不嶺さんを惑わせる藤郎さんの父親を、きつく睨む。都を犠牲にし、多くの者を不幸に追いやってでも倶七帝の世を護ろうとしている。

「この手で、龍の末裔を殺さないと……」

未不嶺さんは誰の目にも明らかなほど、ぶるぶると身体を震わせていた。揺れる剣先を、矢に貫かれながらも私の盾になろうとする伊織へ向ける。

「未不嶺さん!! 言いなりになってはだめ!」

倶七帝も藤郎さんの父親も、本気で彼の定めを憂えているわけじゃない。彼の苦悩と傷ついた心を、都合よく利用しようとしているだけだ!

「緋宮、私はただ、平安を……蒸槻が富み、人が穏やかに暮らせることを、それだけを」

健気な望みを口にする彼の目からぽろぽろと涙が落ちる。

「未不嶺さん、剣を下ろして」

「血が、許さない。私の中に流れる血が、あなただけを選ぶことを許してくれない」

息が詰まる。私もさっき似たようなことを考えた。どうしても、恋だけを選べなかった。

「剣を、下ろそう」

「できない。龍神を殺さなければ」

藤郎さんの父親の言葉が抜けない棘となり、彼の心を頑なにしている。

未不嶺さんはゆっくりと剣を振り上げた。

「私の役目だ。王族の一員として生まれた。犬ではない……」

誰も止めようとはしなかった。苦りきった顔で彼を見つめている。

私は伊織の前に立った。ちらりと視線を動かす。呪弦師たちはいつでも矢を放てるよう身構えていた。藤郎さんの父親の命令を待っている。

「緋宮、まだ遅くない。私も誠意、お頼みするから、ともに帝のもとへ行こう」

「それは、本心なの？」

「あなたは、力あるまれびとだ。緋宮さえ考えを変えてくれたら、司義様はきっと受け入れてくれる。日月が、この時代にようやく結びつく」

「未不嶺さんが伊織を殺して香気根呪法を強化し、それからまれびとの私の神力を、倶七帝が手に入れるの？　帰鼓廷が解体されるかもしれない。善き神が蒸槻から遠ざかってしまうよ」

「緋宮！　そこをどいてくれ。もう伊織に自我はない。ただの化け物だ！」

未不嶺さんは大声を上げると、乱暴に剣を振り下ろした。

避けずにいたら、私の額の上で剣がぴたっと止まる。

未不嶺さんは頬を歪めて私を睨んだ。汗と涙で顔が汚れていた。

「わ、私が、あなたを傷つけられぬと、伊織を殺せぬと、そう侮っているのか！　犬は犬らしく、地を這い回れと……っ」

私は両手の先で、未不嶺さんの唇を静かに押さえた。ぼんやり思う。

この蒸槻では、皆が泣く。誰もが苦しがり、歯を食いしばって……。

「こんなに身体が震えて、涙が止まらないくらい、つらくて嫌なことなのに、どうして無理にする必要が？」

乾いた唇の表面を指先で撫でる。熱い息が肌にかかった。

「言葉も自分を蔑むものばかりだ。だったらそれは、未不嶺さんにとってよくないことだよ」

「よしあしで、決められるはずが！」

「じゃあ、なにで決めるの？　なんであったら、正しいの？」

未不嶺さんの涙が手の甲にあたる。

「経験者の立場で言う……。さっきの私は間違っていたよ。それしか方法がないからって、自害しようとした。もっとよく周りを見ればよかった。皆、誰も笑ってくれない。悲しい顔ばかりだった。今みたいに」

未不嶺さんの視線が怖々と動く。胡汀も朝火さんも、ちっとも幸せそうじゃない。滸楽の洲沙や、神々でさえ。

「だが、このままでは、都が。誰かが、やらないと」

未不嶺さんは深い苦悩に顔を歪めながら、ゆるゆると腕をおろした。

「――所詮は犬なのか」

侮蔑の声に、未不嶺さんが、はっと振り向く。藤郎さんの父親が冷たい目でこっちを見ていた。

「射て」

矢が飛んできた。びくびくしながら私の足にしがみついていた兎神一族の頭に突き刺さる。

兎神一族たちが、ぎゃあぎゃあと耳をつんざくような鳴き声を上げる。

「や、やめて！」

慌てて手を伸ばした瞬間、私の肩を矢が掠めた。その威力に負けて地に倒れ込んでしまう。

厚地の冬衣のおかげで深手にはならずにすんだけれど、肌がじんじんと鋭い痛みを訴えてくる。

洲沙がふいに小さな悲鳴を聞かせた。矢を受けたのかと、青ざめながら振り向く。

そうじゃなかった。洲沙は、戦慄の眼差しで伊織を見ていた。

「嘘でしょう――」

伊織が突然激しく咆哮し、さらに身体を変形させていた。肌からしみ出す澱。見る間に膨張していく。

「変わらないで‼　怨みを膨らませないで！」

「緋宮、だめだ！」

伊織に抱きつこうとした瞬間、未不嶺さんが素早い動きで私の腕を引っ張った。

「宥めないと、伊織が変わっちゃう‼」

荒神と化した宇迦迦様のように。兎神一族の悲鳴が、そして私が狙われたことが、自我を取り戻しかけていた伊織の心を再び怨みに染め抜いた。

「な、なんてひどいことを。何度皆を苦しめるの」

藤郎さんの父親へと視線を向ける。このために矢を放ったのか。

「彼の策に屈しないで。伊織、お願いだから堪えて！」

荒神に変わっていく。私の緋剣が。

瞬きするたびに、彼の肉体は人から遠ざかった。手も足も消えた。澱を滴らせる巨大な地を這う蛇。いや、蛇というより肥えた虫のような――ホースのようにぽっかりと空いた口が、頭の先にくっついているだけの化け物だ。宇迦迦様とそっくりの。

「戻って、お願い、戻って!!」

伊織は、土砂崩れのような音を立てて大量の澱を吐き出した。

それは地に広がったのち、無数の穢主に変化した。怨念が形をなしたような不気味なものたち。澱色の肉塊に、でたらめに口や目、手足らしき突起がくっついている。

その醜さに、誰もが言葉を失った。

「龍神の子よ、今度こそ陽女神の末裔を仕留め――」

藤郎さんの父親は途中で怪訝そうに口を閉ざした。未不嶺さんが従わないと知り、伊織をけしかけたほうが早いと考えたんだろう。けれども、この光景は誤算だったに違いない。大量に現れた穢主が、蟲の音で護られているはずの自分のほうにまで平然と寄ってきたんだから。

「化け物どもを追い払え」

藤郎さんの父親の呼びかけに応じて呪弦師たちが矢を放つも、この数を御しきれるはずがない。穢主たちは蟲の音に怯むことなく、耳障りな声を上げて呪弦師たちに躍りかかった。

身の危険を感じたんだろう、藤郎さんの父親は真っ先に司狼を方向転換させた。呪弦師たちが襲われているあいだに一人だけ逃げるつもりらしい。

できるなら、彼を追いたかった。でも、私たちのほうにも穢主がわんさと詰め寄ってくる。

「知夏、そばを離れるな！」

胡汀が術を紡ぎ、金の羽を持つ鳥を召喚した。息をつく間もない様子で可能な限り鳥たちや蛇を招き、穢主の接近を防ぐ。

荒神と化した伊織は弾むように胴をうねらせると、ホースめいた口を私へ向けた。匂いを嗅いでいるのか、頭部がびくびくと波打つ。そのたびに澱が滴り、新たな穢主が出現した。

「伊織」

私はゆっくりと弓を構えた。可哀想な龍神の血族。花神同様、蒸槻の定めに翻弄されている。

「どんなに抗っても、この運命しか残されていないの？」

歴史を覆すのって、なんて難しいんだろう。祈って祈って、わずか一瞬、光が見えたと安堵した直後に、新たな壁が立ち塞がる。それの繰り返しだった。

「私の緋剣」

花神の子。殺すか、殺されるか、そのどちらかしか、私たちのあいだには存在しないのか。

本当に蒸槻は、隅々まで非情で――。

唇を嚙み締め、矢を放とうとした瞬間。

「え？」

後方から、神力で淡く輝く矢が飛んできた。私が放つ矢とよく似ていた。

『立ち戻れ』

男か女か、判別できない低い声が耳に届く。愕然と振り向くと、鳥居の前に立って鈴を鳴らしていた山伏姿の者が弓を構えて近づいてきた。

『労しや、神の子よ。ふるひふるひて、ひに帰らん』

私は思わず両腕を広げ、伊織を――荒神を背に庇った。山伏姿の人は、足を止めた。顔は仮面で隠されていたけれど、確かに視線が絡んだのがわかった。その直後。

「知夏!!」

私たちのほうに穢主を寄せ付けまいと、術を駆使していた胡汀が急に大声を上げた。

どうっと濁流のような音が背後で響いた。

振り向くと同時に、私は荒神の口の中に飲み込まれた。

「──……」

恐る恐る瞼を開く。真っ暗だった。何度瞬きしても暗さは変わらない。

「黒い川の中にいるみたい」

生温い空気。どこからか風が吹いてきて、獣の鳴き声のような音を立てる。

「ここって荒神の体内だよね？　とりあえず怪我はしてないけど……他に誰もいない」

歩いて大丈夫なのか、判断できず戸惑っていると、風とは別の奇妙な音が聞こえ始めた。

「なんの音だろう」

後方から聞こえているのか、それとも前方からなのか、音が反響していてわからない。

「胸騒ぎがする」

私の身にある神力がなにかを訴えてくる。ごくりと息を呑み、思い切って走り出す。

「は、走りにくい！　足元どうなっているの！」

ひどくぶよぶよしている。泥土とは違う。もっと弾力と粘り気がある気持ち悪いものだ。溶けかかったゴムのような。

転びかけて、慌てて体勢を変えたとき、急にさっきの奇妙な音が近くなった。かさかさという、葉擦れに似た音だ。それと同時に、目の端に白いものが見えた。翻る剣の色だった。

「!?」

辛うじて避けることができたのは幸運だった。たたらを踏み、慄然と闇の中を見つめる。

葉擦れに似た音とともに、ぼうっと淡い輝きをまとう人影が正面に現れる。

「伊織？」

私はつかの間、放心した。伊織と同じ顔を持つ男が、どこかぼんやりとした様子で立っている。ここは荒神と化した伊織の体内のはずだ。だとすると正面の彼は、魂が具現化した存在なんだろうか。目を凝らすうちに、彼の輪郭がよりはっきりと見えるようになる。

「違う、伊織じゃない、あなたは」

私は一歩、後退した。顔はそっくりだけれど本来の伊織よりも背が高く、体格もいい。それに、黒い川から生還した私のように、髪の毛が異様に伸びている。足元で渦を巻くほどに。両目の下から頬にかけて、大胆に刺青が入っている。胸元が大きく開いた、半臂のような袖なしの短衣をまとっていた。腕にはちぎれかけの領巾が巻かれている。両手には、鋭い剣。

彼が、さっき私を斬ろうとしたんじゃ？

「龍神なの？」

恐る恐るの問いかけに、その者はふうっと視線を上げた。人形めいた無機質な瞳に、命が灯ったように見えた。私はさらに数歩後退した。彼の背後でなにかが蠢いている。

「……羽？」

そういえば以前、穢主になりかけた伊織の背に、木の枝のような骨のみの黒い翼が生えた。

ばさり、と空気を打つ音がした。この彼にも当時の伊織と同じような翼が——。

「骨じゃない」

まじまじと見つめる。本当に木の枝が翼代わりに生えている。枝の太さこそ違うものの、空木のような枯れた花と葉がくっついていた。全身に細い鎖のような蔓が巻き付いている。

「花の乙女を殺さねば」

彼は抑揚のない声で告げた。次の瞬間、私に向かって剣を振り上げる。

突然の殺意に驚き、私はその場に尻餅をついてしまった。結果としてその動きが、自分の身を守ったようだった。剣がひゅっと空を切る。切っ先の鋭さに、身体が強張った。

「殺さねば。深き怨みを鎮めねば」

「待っ……」

私は慌てて立ち上がり、彼に手を伸ばした。

再び剣が翻る。今度こそは避けられない――！

「――!?」

剣は、私の腕を確かに斬った。けれども腕は落ちていない。衣にも肌にも傷ひとつついていないし、一滴の血も流れていない。ただし、ごっそりとなにかをもっていかれた気がした。

彼は躊躇せず、また剣を振り上げた。今度も避けきれなかった。

刃ははっきりと、私の腹部を横一文字に切り裂いた。やっぱり傷はつかない。

「神力を、奪われてる……！」

それに気づき、肌が粟立つ。神力は、気力に通じている部分がある。そのものではないけれど、一気に奪われると体内のバランスが崩れて昏倒しかねない。

「やめ……！」

私は必死に次の攻撃を避けた。剣先が太腿を掠める。

慌てて彼から距離を取り、走り出す。そのとき背中を斬られたのがわかった。ずんっと身体が急激に重くなり、よろめいてしまう。そこでまたも背中を斬られた。

「うぁっ」

神力をすべて奪うつもりなんだ。

そうすることで花神の痕跡を消そうと――殺そうとしている！

歯を食いしばり、懸命に足を動かす。すぐに追いつかれ、後ろから抱きつかれた。枯れた空木のような花をくっつけている翼が、ばさっと音を立てて私の身を包む。

「やめて、やめて……」

「殺さねば」

全身が震えた。背後から回された彼の手が、私の腹部の位置を探る。

「龍神、奪わないで……っ」

彼はゆっくりと腹部に短いほうの剣を突き刺した。ずぶずぶと身体の奥に埋まっていく刃。

肉体的に傷はつかなくとも、目眩のするような苦痛が全身に広がった。

私の中の神力が殺されかけている。

「あぁ……、あぁっ」

視界が一瞬濁った。手足の痺れとともに体温が下がっていく。

顔が歪み、潰れた喘ぎ声が自分の口から漏れた。その場にへたり込みそうになるのを、背後の彼が片腕でしっかりと支えた。私は震える手で彼の腕を掴み、見上げた。

「いつくし女神を殺さねば」

そう呟く龍神の瞳から涙が落ちた。私の感情が身に跳ね返っているかのように、龍神の顔も苦痛に彩られていた。その姿に、神力を奪われる恐ろしさが薄れ、寂しい気持ちが芽生えた。

「龍……伊織。私はあなたに、殺されたくないよ」

彼の身体がぴくりと痙攣した。

「伊織も、私を殺したくないよね？　前にそう言ってくれた。なにがあっても私を守るって」

短剣の柄を握る彼の手から、力が抜けたのがわかった。

「龍神、もう伊織を苦しめないで。伊織は純情で、優しい人だから、自分のせいじゃなくても私が傷つくと、きっと落ち込む」

お願いだから——そう続けようとした瞬間、強い力で抱きしめられた。彼の長い髪が、私の頬にかかった。

「お逃げを」

掠れた声が聞こえ、私は目を見開いた。かすかに唇が耳に触れた。

腹部からずるりと剣が引き抜かれ、翼が広がる。でもまだ抱き締められたままだった。

彼の身体が、がくがくと震え始めている。伊織と龍神の意志が戦っているように。

「知夏様、早く」

「二度と、あなたを殺したくない」

悲痛な声とは裏腹に、彼の翼が急激に変貌する。枝が伸び、無数の触手となってうねった。

「俺に、捕まらないで」

乱暴に突き飛ばされ、私はあたふたと振り向いた。枝の触手が地を這い、次第に速度を増して迫ってくる。私は逃げ出そうとして、思いとどまった。

「知夏様、足を止めずに！」

枝の触手が足を伝い、身体に絡み付く。神力がまた奪われるのがわかったけれど、私は自ら枝に触れ、それをぎゅっと強く摑んだ。

「龍神。やめなさい。花神の力を殺しても、『知夏』は諦めない。とことん蘇ってやる！」

宣言するうちに闘志がわいてきた。

「私の緋剣を返してよ!!」

思いっきり枝をひっぱたいてしまった。攻撃されたと判断したのか、枝の触手は腹を立てたように次々と私の身に巻き付いた。絞め殺される、と青ざめたとき。

「なんという馬鹿な……！」

伊織が呻き、自分の背中から枝の触手を無理やり引きちぎった。私に絡み付いていた枝が一気に朽ちてぱらぱらと足元に落ちる。

「伊織、背中から血が！」

仰天し、目を疑った。枝をちぎったせいで、彼の背が血塗れになっていた。

　ところが、また新しい枝の翼が勢いよく生えてくる。

　私は絶句した。ちぎってもちぎっても生える枝。痛いだろうに、血だって流れているのに、伊織は手を止めなかった。知夏様お逃げを、どうかお逃げを。そう切々と懇願する。

「もういいから！　やめて！」

「いいえ、俺も諦めない。あなたを傷つけるものは、なんであろうと許さぬのです」

　彼は血塗れになりながらも微笑んだ。

「ええ、あなたの緋剣です。あなたがそうおっしゃってくださる限り、俺は剣です」

　嬉しそうな、ほんわかしたその表情に、私は喉の奥が熱くなった。

「私の剣は、ほんっとうに頑固で‼」

　枝の翼を毟る彼の手に飛びつく。伊織はそこで少し、動きを止めた。彼らしい、恥じらいが滲む笑み。互いの瞳を覗き込む。

「あなたは怒っていても、花のように可憐です」

脱力しそうになった。どんなときにも発揮される純情ぶりを窘めようとして、息を呑む。
ぶつかり合う意志が原因なのか、彼の姿が、鱗が剝がれ落ちるようにぽろぽろと少しずつ崩れ始めていた。

「伊織！」

「愛しています、知夏様」

優しい溜息とともに囁かれた。

「だっ、だから不意打ちでそういう発言をするのは……！」

「いつもいつも、幸せに。あなたの笑い声は、明るくて快い。苦難があっても前に進み、弾むように笑う」

伊織は楽しそうに言った。

「お許しを。時々だが、俺もあなたをその……阿呆鳥のようだと思っておりました」

「伊織!?」

「そういうあなたがいい。幾度死んでも、また会いたい」

崩れ始める腕が、ぽんっと私を突き飛ばした。私はよろめき、言葉なく彼を見つめた。

「さあ、今度こそ行ってください。もう抑えられない」

「伊……」

「早く、行け!!」

怒鳴られた瞬間、私は全身に熱を感じた。力一杯駆け出す。

背後で、翼がはためく音。逃げないと。伊織が最後の力を振り絞って私を生かそうとしてくれた。だから、絶対に逃げ切らないといけないのに。

神力を大幅に削られたせいで頭がふらふらする。足元も、溶けかかったゴムのよう。ちっとも前に進めない。私が生きることが、伊織の望みであるというなら、進ませてよ!!

「痛っ！」

翼の音がすぐ後ろから響いた瞬間、髪の毛を乱暴に引っ張られた。かっとした。彼の意識はもう龍神に戻っている。頑なで独善的で、一途な。伊織そっくりだ。

「殺さねば」

「やめてって、言ってるでしょ！」

自分から抱きつく勢いで振り向き、私は声を張り上げた。

「もう殺さないで!!」

「――」

「二度と、殺さなくていい！」

殺さねば、と龍神の口が動く。可哀想な女神を鎮めねば、怨みから解放せねば……。

「殺さなくていい。もう花神に刃はいらない！　あなたは自分を解放してあげて！」

花神を殺す定めに取り憑かれた龍神。自分の刃だけが、激しい怨念から花神を解放できると信じ切っている。……信じたがっている。

「違うんだよ、花神の心に届いたのは刃じゃない。龍神の一途なその想いだった‼」

がくりと彼の身体が傾いだ。不安定な地面に両膝をつき、私を見上げて嘆息する。

「いつくし乙女よ、どうか、私を生まないで」

壊れたように涙しながら、彼は懇願した。

「私さえ生まれねば」

寂しい言葉に、呼吸がとまりそうになる。

「天の華を散らすこともなかったろうに」

ほろほろと静かに泣く龍神を見て、胸が軋んだ。

「自分を殺すために……生まれないように、私の、花神の腹部を刺したがったの？」

私は逃げるのをやめ、樹皮のように皮膚が剝がれかけている龍神の頰を両手で包む。

蒸槻国の帝である倶七帝の、本当の祖先を『ことじろ』という。緋宮の祖とされる陽女神——つまり花神を神世で汚した神だ。そのことじろと花神の子が、龍神だった。

「ずっと、言わずにいてごめんね」

真っ先に龍神に伝えなければいけないことがあったのに。

怨みが大事なことまでを覆い隠してしまった。私の中にある神力はまだ少しだけ残っている。

その力が、陽女神の想いを教えてくれる。

「——どんなにつらかったろう。私の子よ」

こつんと額を合わせる。

花神はすべてを呪い、荒神と化した。裏切った天つ神を、沈黙を貫いた月神を、自身を汚したことじろを、地に置き去りにした耶麻を。ひたすら呪い続けた。

かつての花神が口にした言葉が脳裏をよぎった。私は口を開いた。

「男神よ、私は醜女か？　殺さねば耐えられぬというほどに、醜いのか」

「お許しを、美しき陽の女神。あなたをこれ以上、誰にも苦しめさせぬ。すべての穢れよ、私に取り憑け」

「馬鹿な子。私のために親殺しの罪を背負い、自身を罰するために穢主の定めを受け入れた」

それほどに自分を憎んでいた。罪子なのだと。

「だから花神は……私はおまえを信じ、首を捧げたのだ。男神よ、私がおまえを遠ざけたことがあっただろうか？　生まねばよかったと言ったことが？　いいや、おまえは私の思いを知っているだろう。どれほど憎むときがあろうとも、おまえは私の愛しい子であった」

記憶の扉が開かれる。気性の荒い龍の神。誰に対しても跪きはしないのに、私の前でだけは別だった。顔を伏せ、息を潜める。

私の降格を嘆き、天つ神に食って掛かることもあった。龍の軍を連れて天原を襲おうと。私がやめよと言わねば、本気で神々を蹴散らしただろう。

龍の神だけが、醜くなっていく私を、変わらず美しいと讃えたのだ。

華やかな女神たちには見向きもせず、私を慕い続けた。そのひたむきさに、ほだされずにはいられなかった。私が目を向けるだけでも、龍の神は幸せそうに笑う。

「麗しき耳昏の子や、他の女神らが私を見ておぞましいと眉をひそめたときがあったろう。おまえは烈火のごとく怒り、女神らの身を斬り捨てた。私は誓ったのだ。聖なる五穀……蒸槻の実りと栄誉をおまえにすべて授けよう。憎しみは胸を去らずとも、最早蒸槻を穢すまいと、護ろうと。おまえの川が流れている限り」

「あぁ、ならぬ！　いつくし女神よ、私は呪われ続けねば!!」

龍神は突然、乱暴に私を突き飛ばすと、片手で頭を抱えた。彼の背から再び空木のような枝が広がったものの、すぐに花がぼろぼろと朽ち、塵と変わる。

「花神を殺さねば、殺さねば！」

狂ったように叫ぶと、彼は剣を握り直し、私に斬り掛かってきた。刃が肩を掠めた。神力をまた大きく削られる。私は目眩を抑えきれず、その場にへたり込んでしまった。

龍神が両手で剣を振り上げた。そのときだ。

雪のような花びらが、ひとひら、目の前に落ちてきた。龍神が、はっと目を見開いて、身を引く。それと同時に花びらがくるりと舞い、やがて破裂するようにぶわっと小さな風を起こして一気に増えた。その小さな花嵐の中心から、誰かが姿を現す。

陽女神のために死した花守——いや、そうじゃない、彼女は。

「白雨さん」

「緋宮！」

名前の通りの白い髪。きりりとした奇麗な女性。緋剣の一人で——滸楽の生活に安らぎを見出し、彼らのために私を裏切った。彼女は、茫然と座り込んでいる私の腕を片手で乱暴に摑み、引っ張った。反対側の手を乱暴に振り、花びらの渦を巻き起こす。龍神を近づけないようにだ。

「緋宮、早く！」

白雨さんに強引に抱き込まれた。花びらの渦がさらに広がった。かつて陽女神を慕った花守の力が、白雨さんをここに呼んだのか。頭の片隅でそう考えた。

乱れ舞う花びらの向こうに龍神が立ち尽くしている。伝えたいことがあった。私は声を張り上げた。

「龍神！　生まれて、よかった！」

私の声は、あの孤独な龍の子に届くだろうか。

「たとえ憎むときがあっても！　花神は本心からこの地を、川を、空を愛おしんだよ！　そうじゃなければ、花神の末裔の女たちは、私は、蒸槻を守ろうなんて思わなかった！」

守り続けたことがその証しだ。

「美しくて気高い龍の王だと花神はいつもあなたを誇りに思っていたの！　生まれて、よかったんだよ‼」

視界が、白い花びらに覆われた。

「――知夏！」

名を呼ばれ、はっと瞼を開く。周囲には夜霧のような瘴気が満ちている。

視線を下に向けると、両腕をこっちに伸ばす胡汀の姿が見えた。

そこで私は、白雨さんに抱きかかえられながら宙に浮いていることに気づいた。

「っていうより、落ちてるー⁉」

「……心配ない。さあ、胡汀のところへ」

耳に滑り込む彼女の声に、顔を上げる。心臓がはねた。久しぶりに、こんなに近くで彼女を見たから。白雨さんもどきっとしたようだ。

思わずなのか、それともわざとなのか、彼女は、ぱっと腕を離した。

悲鳴を上げる暇もない。地面に激突する前に、胡汀がぼすっと抱きとめてくれる。

白雨さんはというと、ふわりと花びらのように地面に着地していた。実際に、羽根のような花びらがふわふわと何枚か落ちてくる。それは瞬く間に跡形もなく消えてしまった。

「あっ、伊織……龍神は！」

胡汀の首にしがみついて声を出すと同時に、地を抉るような凄まじい悲鳴が聞こえた。

慌てて振り向くと、不思議な仮面を被った山伏姿の者が、もがき苦しむ荒神に向かって弓を引いていた。明らかにその攻撃で、荒神の身体が小さくなっている。澱が溶け出し、地面に広がっている。それを兎神一族たちが慌てふためきながら祓っていた。

未不嶺さんや朝火さんも、その手伝いをしていた。遠凪さんや洲沙たちは、穢主の残りを追い払っている。

「龍神！」

胡汀の腕から飛び降りて駆け寄ろうとすると、顔を背けていた白雨さんに止められた。

「行くな。あの者にまかせておけばいい」

「あの者って」

言葉が続かなかった。白雨さんと見つめ合う。彼女はすぐに視線を逸らした。

「何者かは知らぬが。私を荒神の体内へと飛ばしてくれた。なんでも私の祖は陽女神と結びつきが強いという。私なら荒神の中から緋宮を連れ出せると」

彼女は淡々とした口調で説明した。

最後まで陽女神を慕った花守。たぶんそれが、白雨さんの祖だ。

「あの者のおかげで助け出せたんだ」

「でも、龍神……伊織は」

伊織を心配しながらも目の前の白雨さんに意識が向かう。無事でよかった。どうやってここに？　他の許楽たちは？　言いたいことはたくさんあるのに、なにひとつ言葉にならない。

再び荒神の悲鳴が聞こえた。私は今度こそ制止を振り切って荒神のほうへと駆け寄った。

山伏姿の者が放つ最後の矢が、荒神を人間ほどのサイズまで小さくした。すると、朝火さんの肩からなにかがぴょんと地面に飛んだ。茶系碁子ちゃんに乗ったみずの様だ。

「清めよ、清めよ」

釣り竿を回すみずの様の号令で、兎神一族らがさっと笠を引っくり返し、荒神に水を注ぐ。

「穢れを祓え、水をもて」

溶けた澱の中から伊織が現れた。私のように髪が伸びている。喜び勇んで飛びつこうとし、皆に止められた。胡汀に朝火さんに未不嶺さん、白雨さん。全員、苦い顔をしていた。

「ど、どいて」

皆の身体を押しのけ、腕を振り払うも、また引き止められてしまう。伊織のほうに行かせてくれない。

「放して！　伊織の身体、戻っているよね!?」

だから大丈夫のはずだ。気を失っているみたいだけれど、歪んでいた骨格や肌も、全部元通りになっている。

「きっと目を覚ましてくれる！」

ところが――。

「許しておくれ、護女。あの子は太古の力が強すぎる。目を覚ませばまた荒神へと変じてしまう」

みずの様が私の前に碁子ちゃんを近づけて、悲しそうに言った。

「身の奥まで穢れに晒され、最早おのれにも御しきれないよ」

「でも、身体は元通りに！」

嫌な予感がした。以前にもこういうことがあったはず。どくどくと心臓が激しく動く。

「連れていかねば」

「え……」

ゆるゆると切なげに釣り竿を揺らすみずの様を見下ろし、私はしばし絶句した。

「長き時をかけて、清めていこう」

「そ、そんな。そんな!!」

再び手のひらからこぼれ落ちる。大事な人の命が。

私は視線を伊織へと戻した。兎神一族たちがわいわいと、どこからか角棒を取り出し、担架のように組み合わせる。その上に伊織を乗せ、「えいや」と担ぎ上げた。御輿のようだった。

「待って!!」

私が清めるから。その一言が、出てこない。

以前とまったく同じだ、こんなふうに緋剣の一人を手放したことがある！

「嫌、やめてっ!!　もう嫌!!」

死力を尽くしても、まだ届かない。命そのものを差し出してさえ届かない。

「知夏」

「緋宮」

胡汀や朝火さんたちが、暴れる私を押さえ込もうとする。私は彼らの腕を夢中で振り払った。すぐに腕や肩を掴まれ、動きを封じられてしまう。

「じゃあどうすれば!?　なにを捨てれば、なにを殺せば、なにを犠牲にすれば、私の願いを蒸槻は叶えてくれるの!!　どうして、どうして、いつもこうなるの!!」

陽女神の望みと祈りはいつだって片っ端から粉々に砕かれ、踏み潰される。

それが、蒸槻という国だった。どこまでも陽女神を絶望させる。

兎神たちが伊織を土老人の鳥居の中へと運んでいく。私は強引に、皆のあいだを突破した。

「連れていかないで!!」

あと一歩、というところまで近づいたときだ。山伏姿の者が目の前に立ちはだかった。

「どいて！　どきなさい!!」

『なりませぬ』

　その者は、感情のない声で拒否した。

『彼は最早、人の世では生きられませぬ。神の力に穢れが絡み付いたのです。あなたのそばには置けませぬ』

「あなたには関係ない‼　私の緋剣なの、私の、龍神なの！」

　叫ぶ私の頬に、その者がふと手を触れた。

『龍神の子は、私にお預けを』

「なんであなたに‼」

　頬をさする指の動きに、胸一杯の怒りが急に小さくなる。思いの外優しい指だった。

　愛おしむような触れ方のせいで、怒りを持続できなくなってしまう。

『いつかの世で、再びお会いできる』

「――え？」

『私のように、いつか。この蒸槻を護る神として、目覚めましょう』

　私のように。その言葉を聞いた瞬間、全身が痺れた。

　まさか。

『私たち、いつまでもあなたをお待ちする』

　優しい指が離れていく。

「あ、あっ」

言葉が出てこない。少しも身体を動かせない。

この人は、まさか。

『異界より来られしかわいい方。きっと、未来で』

ちりん、と鈴の音。その人の姿がすうっと消えていく。伊織や兎神一族たちを飲み込んだ鳥居も、ずずっと音を立て、地面に飲み込まれていく。

「待っ……」

『ねえ、知夏様？』

あたたかな、笑い声。

「──佐基さん!!」

やっと身体が動いた。精一杯手を伸ばす。

けれども、触れる前に、その人の、佐基さんの姿は霞に変わり、掻き消えた。

「佐基さん、待って！　佐基さん!!」

私の緋剣。姉のように労ってくれた人。

緋宮となって、右も左もわからず、誰にも認めてもらえなかった頃が脳裏をよぎる。就任の儀式で、祭道を泥塗れにされ、寂しく掃除に向かった夜。

佐基さんは懸命に慰めてくれた。誰よりも女神らしいと言ってくれた。

それを口では否定したけれど、どんなに救われたことか。あのとき、逃げ出さずに蒸槻で頑張ろうと思えたのは、佐基さんのおかげだった。

私が馬鹿だったせいで、彼女をたくさん傷つけた。

取り戻すことができずに、今の伊織のように、手放すはめに。

「佐基さん」

私はぺたんとその場に座り込んだ。片手を自分の心臓に押し当てる。とくとくと動く命。

「私は、皆に助けられて」

ときごえ様や蛇神一族の長さん。それにみずの様、土老人、兎神一族。

この蒸槻に迷い込んでから、苦難の連続に思えたけれど、そうじゃない。

たくさんの縁があった。出会った人々が力をくれた。

「皆が私を強くしてくれたんだって、そう思ったじゃないか」

私は生きている。皆と苦しいこともつらいことも分け合って、前に進んでいる。

その最中だ。だって未来が待っている。

私の周りに皆が寄ってきた。手を差し伸べてくれる人たち。見つめてくれる人たち。

「知夏」

「緋宮」

「――うん」

呼びかけに答えて、私はもう一度立ち上がる。

荒神の脅威が消えたためなのか、あれほどたくさんいたはずの穢主の姿が急激に減っていた。周囲に広がる瘴気は相変わらずだけれど、少なくともとりあえずの危機は去ったらしい。

白雨さんとともにこっちへ駆けつけた一部の許楽たちが、「逃げ出そうとしていたのに気づいたので捕らえた」という人物を私の前に引っ張ってきた。

藤郎さんの父親と、生き残った数人の呪弦師だった。

「首を落としますか？」

地面に膝をつかせた彼を見下ろして、朝火さんが冷たく提案した。

「たとえ緋剣の者であろうと、私にかような真似をして罰されずにすむとお思いか？」

藤郎さんの父親は冷静な声を出し、朝火さんを睨み上げた。その視線を、私へと移す。

「よくよく状況をお考えになるがいい。なにがあなた方にとって利となるかを」

自分が殺されるはずがない、と確信しているふてぶてしい表情だ。

彼の視線を受け止め、内心で首を傾げる。

藤郎さんにも咲耶さんにも顔立ちはあまり似ていない。藤郎さんは、自分たちの一族は帝の影だと言っていた。目の前の貴人は、裏方の定めをよしとするタイプには見えない。細身ながらも眉ははっきりと太くて濃く、目も大きい。顎もがっしりしている。

「先代たるまれびとの方よ。私の口添えは、今のあなた方に宝玉以上の値となるだろう」

「自分が倶七帝に頼めば、私たちを殺さずに見逃してくれるはず、って言いたいの？」

藤郎さんの父親は薄く微笑んだ。彼には、帝の決断を変えさせるだけの影響力があるのか。

「倶七帝があなたにここへ来るよう命じた？　それとも自分の意志で？」

彼は質問に答えなかった。

この人には、訊きたいことがいくつもある。蒸槻の帝の祖は月神じゃなくてことじろだという秘密を知っていたんじゃないの？　なぜ架々裏さんを見捨てたの？　なぜ咲耶さんをずっと顧みずにいたの？

「さあ、まれびとの方。処断されたくなくば、私に誠意を見せなさい」

「誠意？」

「蒸槻の怨敵たるけだものを始末なさい」

彼は平然とした顔で言い、視線を私の横へとずらした。獣姿の遠凪さんや、他の滸楽たちがそこにいた。

「すべてはけだものの仕業。誰もが惑わされたのです。そうでしょう、先代様」

都に出現した穢主や悪鬼、そして倶七帝と私の対立、荒神と化した伊織……それら全部の責任を滸楽になすりつけるつもりでいる。

話はすんだとばかりに立ち上がろうとする藤郎さんの父親の肩を、私は片手で押さえた。なぜ邪魔するのかわからない、と言いたげに彼は怪訝そうな表情を浮かべて私を見上げた。

「許楽に手出しはさせません。今の彼らは味方だもの」

「味方？　蒸槻を荒らし、女を攫ってきた邪悪な許楽に心を奪われたと申すのか」

明らかな嫌悪を示した彼に、私は首を振った。なにを言っても納得してはもらえないだろう。それより。

「あなたは蒸槻の未来をどうしたかったの？」

「なんのお話か？」

「倶七帝の名誉のためにこんなことを？　それとも、神も許楽も退けて人の世を作るために？」

彼の心が見えなかった。倶七帝は自分の立場と歴史を守るために、私を処刑しようとした。でもこの人は？　神世の罪を背負っているわけでもなく、明日の食事に困るというほど貧しいわけでもない。地位も高く、財産だって持っているだろう。

倶七帝や、蒸槻国のためとはどうしても思えない。じゃあ自分の地位のためなのかというと、それもなんだか違和感がある。本当に保身第一なら、こうして自らやってこない。

「なぜ？」

「なぜと問われましてもな。世とは動くもの。ゆぅらり、ゆぅらりと、人は時代の波に乗るだけでは？」

藤郎さんの父親は、にんまりと笑った。

その答えに、底なし沼に落ちていくような感覚を抱く。つまり……時代の動きを読み、そのとき強い者の判断に従って『なんとなく』ここまで来た、ということなんじゃないだろうか。

これ以上なく人間らしい返答に思えた。あえて白黒をはっきりさせず、日和見だ。曖昧で、無責任で、ちょっと残酷で、底知れない……。

「おかしなことをお訊きになる。それがわからぬのは、まれびとゆえか？」

私は目眩がした。こういう人もいるんだと飲み込むのはとても苦しいことだった。望みがはっきりしている倶七帝のほうがまだ理解できる。腹が立っても、共感できる部分がある。でも大半の人たちは、藤郎さんの父親と同じなんだろう。

「そうか、倶七帝はとっくに気づいていたんだ」

やっと理解した。どうして倶七帝が私の言動を軽率だと見下したのか。

「大きな戦争のない時代だ。だから『今の世に、誰もそうまで煌らかな力は望んでいない』……人にとって心地のいいものじゃなければ、だめだった。弱すぎても、強すぎても認めてもらえない。それをわかっていないと、こんなふうに、人全体のぼんやりとした抵抗を受けて押し潰される」

藤郎さんの父親は不思議そうにしながらも、もう一度立ち上がろうとした。私は我に返り、また片手に力を入れて彼の動きをとめた。藤郎さんの父親は不快そうな表情を浮かべた。

「あなたの身は、彼に預けます」

「彼？」

私は視線を上げ、こっちに近づいてくる一団を見つめた。藤郎さんの父親もつられたように振り向き、目を見張る。

司狼に乗って現れたのは、彼の息子である藤郎さんや、その他の貴人たちだった。

藤郎さんは私たちのそばに司狼を止め、歩み寄ってきた。彼の視線は一度も父親のほうに動かなかった。私を見据えて、丁寧に頭を下げた。貴人たちがそれに倣う。

「さて、急に悪鬼や穢主どもが消滅しましたので、おそらくいつくし乙女のお力ではと、こうして馳せ参じた次第でありますが」

「ありがとう。あなた方の協力のおかげで、ここまで来られた」

「それは光栄な」

「そのお礼がしたいと思う。……この方の身を、あなたに預けます」

私の言葉で、藤郎さんはようやく視線を、自身の父親である人へと向けた。

彼らは一瞬、激しく見つめ合った。親子の情なんて一切窺えない眼差しだった。それでも、彼ら本人にしかわからない、深いものがある気がした。

藤郎さんは「ありがたい」と乾いた声で告げた。

「なんとありがたい。私にとってなによりの褒美でございます」

「――藤郎。おのれの父を、褒美と言うか」

藤郎さんの父親は顔色を変え、低い声を発した。

「おや、父上。私の名をご存じであったか」

藤郎さんは微笑んだ。その得体の知れない微笑を、私に向ける。

「いつくし乙女、ここは私におまかせくだされ。さあさあ、先を急ぐはず。私たちが乗ってきた司狼をお使いなさい」

彼の催促を受けて、胡汀が私の腕を引いた。

胡汀とともに司狼に乗った瞬間、父親に向けた藤郎さんの声が耳に届いた。

「父上、見誤りましたな」

「おまえ――」

「私の影が、蒸槻で最も濃くなる世がくるのですよ」

忍びやかな笑い声。思わず彼らへと顔を向けた。跪く父親と、恭しげに見下ろす藤郎さん。

ひとつの時代が終わり、新しい時代が訪れる。そういう構図に見えた。

藤郎さんや貴人たちをそこに残し、私たちはすぐに帰鼓廷を目指した。

二つの廷の手前に広がる平野を黙々と進む。口を開くのが怖かった。他の人たちも同じ思いだったのか、それとも私に遠慮していたためなのか、わからない。

最初に言葉を発したのは、私と一緒に司狼に乗っている胡汀だった。

「大気が淀んでいる」

胡汀は眉をひそめた。皆、その言葉を確かめるように視線を宙へとさまよわせる。

「本当だね。穢主たちは減ったはずなのに、こっちのほうがむしろ瘴気が濃いみたいだ」

「帰鼓廷を中心に、闇が広がっているように見える」

私は頷いた。龍神に神力を大幅に持っていかれたせいなのか、時々視界が揺らぐ。

「緋宮様、このまま進んで大丈夫でしょうか。なにか策を用いたほうが……」

獣形の滸楽の背にいる洲沙が、躊躇いがちに切り出す。彼の手には穂野さんの剣がしっかりと握り締められていた。鞘がないので刀身には布を巻き付けている。

「ここまで来て小細工もなにもない」

私たちの隣を進む朝火さんが、にべもなく言った。

「伊織の身は神の手に渡った。あとは春日の救出と、九支との交渉でしょう？」

「……うん。一時休戦を頼みたい。滸楽たちを安全な場所に移動させる時間を稼ぐ」

私の返答を聞いても、朝火さんは表情を変えなかった。

「わかりました。今回はあなたに従うと誓いましたので異を唱える真似はせぬ。だが帰鼓廷に乗り込む前に、ひとつ片付けておきたいことがあります」

「なにを？」

そこで唐突に朝火さんは司狼をとめ、手のひらから隼鉄の剣を取り出した。その先端をすっと素早く横に向ける。

朝火さんの少し後方を進んでいた彼ら——白雨さんと未不嶺さんを阻むように。

全員の行進がストップし、緊迫した空気に包まれた。

「この者たちを連れていくのですか？」

私は一瞬息を止め、それから苦笑した。本当に朝火さんは、どこまでも朝火さんだ。曖昧にしたいと思っていた問題を見逃してくれない。

曖昧。ふと藤郎さんの父親の姿を思い出す。私もまた、その言葉の便利さに縋っている……。

「未不嶺はすぐに意思が揺らぐ。白雨は許楽に心を奪われている。つまり肝心なときに手のひらを返す恐れがある。信用するのですか？」

私を試すように朝火さんは小さく笑った。

「まあ、俺も人のことは言えませんが。あなたが蒸槻を見限りたくなるのも仕方がないか。なにが起きようとも第一に緋宮を守護するはずの剣すら平然と裏切り、離れていくのだから」

彼の痛烈な言葉に、未不嶺さんと白雨さんが顔を強張らせた。

「俺は裏切らぬし、離れぬが？」

口を挟んだのは胡汀だった。

「荒神は制した。回絽廷の兵たちも今は分断中だ。都は崩壊寸前なのに、次代となる春日の力は目覚めておらぬ。知夏の存在を最早帰鼓廷はないがしろにできぬ。交渉次第で帰鼓廷は、知夏の側に立つだろう。もうここからはおまえたちなどおらずともかまわぬが」

挑発的な胡汀を見て、三人はあからさまにむっとした。

「見逃してやるから、おまえたちはどこへなりとも行けばいい」

待ちなさーい、暴君様め。最近の胡汀は子どものように我が儘で率直すぎる！

「私のことが、一番じゃなくていいんだよ」

腹部に回されている胡汀の手を密かに握り締め、皆を見回す。

「心の形はそれぞれ違う。だからといって、一緒にいられないわけじゃない。皆、守りたいものや叶えたい願いのために戦っている。それでいいと思う」

皆には皆の人生がある。毎日なにかを考え、悩み、喜んだり泣いたりしながら心を育ててきている。朝火さんはどうあっても許楽を許せないし、白雨さんは蒸槻の人間に不信感を持っている。そういう思いを、捨てろと命じたところですんなりいくはずがない。

「ただ、もしも戦いの先に望んでいるものが私と同じなら、一緒に行こう？　違うのなら……ここでさよならしよう」

三人は同時に顔を歪めた。狼狽しているみたいだった。真っ先に目を吊り上げたのは朝火さんだ。

「危機は過ぎたから、お捨てになると？」

朝火さんは、もー！

「違うってば」

「なにが違う？　俺を用済みとおっしゃるなら、あなたとの誓いもこれまでです。なら、けだものどもを殺しても文句はないな？」

「こらっ、わざと皮肉な言い方をしてる！」

どうやら朝火さんは拗ねたらしい。自分から話を振ってきたくせに！

「……緋宮」

白雨さんに静かに呼びかけられ、どきっとした。

「私を、きっと許せぬだろうと……思う。けれど、私は決して邪心をもって緋宮を」

「白雨さん」

私は途中で彼女の言葉を遮った。なぜ白雨さんが私を売るような真似をしたか、その理由はわかっている。それでも、やっぱり私は傷ついているようだ。

まさか白雨さんが本当にそうするとは思っていなかったから。苦い思いが胸に広がる。

「それに未不嶺さん、朝火さんも。今どうするか決めて。帰鼓廷に到着したあとであなたたちが倶七帝たちの側に寝返ってしまうと、不利になる」

彼らは傍目にもわかるほど全身を硬くした。突き放すような言い方になってしまったものの、帰鼓廷は目の前で、大詰めを迎えている。この局面で勝手な行動を取られるのは、困る。

「胡汀もさっき言っていたけど、ここで別れるのなら、なにもしないで見逃す。ただし緋剣の役目をおりてもらう。私とともに行かないのなら、それはあなたたちに必要のない力だよ」

皆は驚いたように私を見つめた。基本として、緋剣たちと結んだ血の絆は緋宮が死ぬか、座を次代に譲るまで切れることがない。でも途中で解放する方法がないわけじゃない。

「隼鉄の剣を」

彼らへと手を差し出す。

緋剣の任から解く方法は簡単だ。私の意思で、彼らの剣を折る。それだけだ。

「緋宮。あなたは、大層意地が悪くなられた」

朝火さんが滅多に見せない困り果てた表情を浮かべた。二人も途方に暮れた顔をしている。

というよりなぜ洲沙や滸楽たちまでおろおろと？

遠凪さんの頭の上に乗っているみずの様まで動揺しているんですが。

「少なくとも今の陽都の状態や二廷の思惑は受け入れがたい。あなたに従うので、手を引っ込めなさい」

「二人は？」

視線を未不嶺さんたちに向けると、やけに傷ついた目をされた。

「緋宮、お訊きしたい。あなたは回紹廷を滅ぼすつもりか？」

未不嶺さんは落ち着きなく髪をいじりながら、囁くような声で尋ねた。

「違う。私が望むのは春日さんを見つけることと、休戦。滸楽を追うのも、ひとまずやめてもらう」

「回紹廷の歴を覆す？」

「歴については交渉次第。だけど期待はしないでほしい。回紹廷は、帰鼓廷を支配したいと考えているでしょう？　それは認めない」

慎重に考えながら答える。回紹廷の歴、つまり倶七帝の一族の祖は誰なのかを公表するか、という問いかけだ。それは私が勝手に決めていい問題じゃない。蒸槻の歴史だけじゃなく、遠凪さんを長とする滸楽一族の今後にも関わってくるためだ。

だからこそ、皆で話し合う場を設けるための、ひとまずの休戦が必要だった。

――焦らずに少しずつ、進めていかないと。

「……わかった。緋宮の望みが、春日の救出と休戦なら、従う」

未不嶺さんは迷いを多く残した顔で頷いた。残るは白雨さんだ。彼女は私と目が合った途端、俯いて「問題ない」とだけ答えた。私の要求は滸楽にとって損にはならないからだろう。

わずかに皆が緊張を解いたときだ。

突然、遠凪さんが人の姿へと変身した。頭に乗っていたみずの様と碁子ちゃんをつまんで洲沙に放ると、探るように私を見遣った。どういう意味の眼差しだろう。そう首を捻った直後。

「遠凪!? なにをする!」

滸楽に騎乗していた白雨さんを、遠凪さんは乱暴に地面へ引き摺り落とす。怒りよりも驚きを見せる白雨さんを背後から抱え込み、首を押さえた。人質にするかのように。

「清姫。おまえは我ら一族に真心を示したろう。我らを始末せよと告げたあの貴人に、手出しはさせぬと答えた」

「そ、そうだけど、それと白雨さんに、なんの関係が」

「ならばわたしも誠意を返そう」

滸楽たちが遠凪さんの周りを忙しなくうろつく。やめろ、と懇願しているようだ。

「この女は我らの一族を守るために、清姫を切り捨てたな。敵の甘言以上に、仲間の変心は許しがたい。わたしは王として、この女の首を差し出す」

白雨さんは目を見開き、青ざめた。殺すと宣告されているのに反論せず、抗いもしない。本気で殺すはずがないと見くびっているのではなく、彼の決断を受け入れている。

「わ、私が謝りますので緋宮様、どうか許して」

洲沙は卒倒しそうな表情で私を見つめた。滸楽たちも私に近寄り、許しを乞うように懸命に尾を振る。緋剣たちは静観に回っていた。私は全員を見回し、最後に遠凪さんを窺った。

女性に甘い滸楽一族。王たる遠凪さんもだ。その彼が、私の返事次第で白雨さんを殺そうと考えている。藤郎さんの父親の手を振り払った私への礼儀だと。

でも遠凪さんは気づいているんだろうか。白雨さんを滸楽の王として処刑することの意味。とっくに彼女を同胞扱いしている。

白雨さんも不思議に思わず受け入れているし、洲沙たちも違和感を持っていない。

気高い滸楽の王を改めて眺める。私たちの道は、いつまでも重ならない。それが寂しい。

「——裏切り以上の働きをしてくれたよ。白雨さんを放して」

遠凪さんは頷かなかった。私の中にあるもやもやを見透かしているんだと気づいた。

「罰については、おいおい考える。今はだめ。皆の士気が下がるから」

私は感情を殺して、冷静に告げた。納得したのか、遠凪さんはようやく彼女を解放した。

「ねえ遠凪さん」

「なんだ」

「心って、難しいね。変えないようにするのは、本当に難しい。変えなければいいってものでも、きっとないよね」

「そうだろう」

「うん」

遠凪さんは再び獣の姿に戻った。放心している白雨さんを鼻でつつき、「乗れ」と促す。

ふうっと洲沙が大きく息を吐く。するとみずの様や滸楽たちまで同じ真似をする。

私の後ろに乗っている胡汀までもだ。彼の場合は他の人たちと少し様子が違った。後ろを見ると、意味深な眼差しで私を見ている。

「この一件でよくわかった。普段ぽやっとしている者が怒ると非常に恐ろしいということが」

「……胡汀？」

「俺はおまえを怒らせないよう気をつける。心臓に悪い」

どういう意味！

確かに、と同意するようにしみじみと尾を振る滸楽たちの姿が目に映り、私はひっそり憤慨した。皆がそそくさと前進し始める。最後尾を私と胡汀が行くことになった。

「知夏、俺についてはなにも悩まなくともいい」

そっと耳打ちされ、戸惑う。

「帰鼓廷も蒸槻も滸楽も知らぬ。おまえの望みを、俺は優先する」

振り向くと、胡汀はなぜか急に腹立たしいと言いたげな表情をした。

「だから俺の前では、心を凍らせるな」

「――胡汀」

無理な注文だ。九支さんとの交渉が成立するまで、私は『緋宮』でいなくちゃいけない。気を張っていないと、冷静でいられなくなる。伊織や佐基さん。穂野さん……たくさんの人たちの姿を心の底に閉じ込めて、頑丈に蓋をしておかなきゃ立ち上がれなくなる。

「俺の鳥は、ひどく傷ついている」

「やめて」

自分でもびっくりするぐらい冷たい声が出た。

胡汀は口を噤んだ。そのかわり、一度だけぎゅうっと私を強く抱き締めた。すぐに腕は離れ、手綱を握る。

私は細く息を吐いた。気持ちを揺さぶられても、振り向きはしない。今は優しさよりも力を選ぶ。望む未来を手繰り寄せるまで。

帰鼓廷の大門をはっきりと目で確認できる位置に来たときだった。

そこから、司狼に乗った数人の祇官が転がるような勢いで飛び出してきた。

緋剣たちが一斉に剣を取り出し、身構える。

「先代様!!」

彼らは私の姿を確認すると、声を張り上げて近づいてきた。

こっちに攻撃を仕掛けるという雰囲気じゃない。

「どうか、お力を!」

祇官が必死に司狼を駆りながら叫んだときだ。大門の中から目に鮮やかな青い縄がびゅっと伸びてきて、祇官の身体に巻き付いた。縄というより爬虫類の舌のようだった。

「ひぃ……っ！」

その不気味な青いものは、司狼ごと祇官らの身体をかっさらい、大門の中に消えた。

私たちはぽかんとした。一瞬の出来事で、どんな動きも取れない。

「今の、いったいなに？　穢主じゃなかったよね？」

胡汀を仰ぎ、尋ねる。彼は大きく目を見開いていた。

「あれは――」

大門のほうでまた動きがあった。木陰から覗き見るように顔を出したのは、不可思議な青色の異形だった。巨大な羊の顔と、栗鼠のような身体を持っている。

その異形は私を見て嬉しそうに目を細めた。ぞっとした。心臓が凍り付きそうな恐怖。

「地の神々」

私が吐き出した言葉を拾ったらしく、緋剣や滸楽たちは戸惑いの視線を向けてきた。

「蒸槻におわす地の神だ」

そうだ、私は知っている。彼らは神。蒸槻の神。もとは黄泉の亡者でありながら、花神の力を食らい、のし上がった者。どうして地の神がここに？　穢主や悪鬼が蠢く危険な陽都だ。この神々が無償で人々を救ってくれるはずがない。神はいつでも生贄を求める。

『めがみじゃ、めがみじゃ』

ざわざわと囁く声が耳に届いた。その青い色の神に続いて、ひとつ目の鹿のような神もひょいと顔を出す。次に、招き猫に似た真っ赤な神も。

『めがみ、来なされ』

『こちや、こちや』

『うふ、うふ、いつくし女神、世を経ても変わらぬ』

手招きする神々。宴が始まるというように。

「あ……」

嫌だ、呼ばないで。彼らは、私にとっての鬼だ。

『さあさ、ひの間に、のう？』

ひの間——。

「……皆、決して知夏を奪わせるな。あれらは神の顔をした化け物だ」

胡汀が低く告げた。次の瞬間、玉が転がるように、神々がどっと大門から飛び出してきた。

「殺めていいのか!!」

白雨さんが美獣様から下り、剣を構えて叫んだ。

「斬れ！　陽女神の末裔を汚し続けてきた神々だ！」

胡汀の返事に、白雨さんが目を吊り上げた。

蒸槻の神々。各地におわす地の神々。彼らの守護のおかげで山は多くの実りをもたらし、水は新たな命を生む。陽女神の末裔である緋宮は儀を行い、彼らを敬う。もしも神力が不足すれば、『ひの間』で身を差し出すはめに。

「欲に肥えた神々め。奪うことしか頭にない！」

胡汀が術で大蛇や鳥を召喚した。相手は、神々だ。穢主や悪鬼とは違う。先頭を走っていた狸のような大きな神が口を開け、もしゃもしゃと鳥も大蛇も食べてしまう。

その光景に、皆が一瞬怯んだのがわかった。圧倒的な力の差を見せつけられた感じだった。

「うん、これはならぬ」

滸楽の頭の上にいたみずの様が、釣り竿をふりふりと揺らし、呟いた。

「見苦しいぞ、地のものたちよ」

「みずの様……」

「うんうん、護女よ。わたくしな、小さきものだが、水の柱神でもあるのだよ」

「は、はい」

「龍のものや土のものほど強うないが、封を解けば、しばし地のものたちを止められような」

「封を……？」

「うんうん。ただな、戦神ではなくとも、やはり柱となるものじゃ。長くは封を解いていられぬので、早う廷へと行きなさい」

みずの様は優しい声でそう言うと、ぴょんと地面に下りた。

「戻ってください、みずの様！」

小さな神様だ。地面に下りたら踏みつぶされてしまうかもしれない。慌てて私も司狼から降りようとしたときだ。みずの様が、かわいらしい狐の面を外した。その瞬間、みずの様を中心に白い煙が沸き立ち、突風が駆け抜ける。清水を思わせる澄んだ風だった。

「わたくしが、道を開こうな」

甘さを含んだ、男性の低い声がした。

驚きに目を見張る。みずの様がいた場所に、身なりの立派な男性が立っている。麗しい薄青の髪。彼の左手には狐のお面、右手には釣り竿があった。

「――みずの様？」

まさかと思って呼びかけると、彼が振り向いた。きらきらした銀色の瞳。涼しげな美貌だった。私を見てその瞳を細くし、笑う。

本当にみずの様？　あのちんまりしてかわいい神様なの？

「あのな、沼のものによく叱られるのじゃ。おまえは封を解くと、加減を知らぬので始末に悪いと」

「え、沼のものって、ぬまごえ様のこと……っていうか、みずの様、なにを――!?」

「きさまはあの、美しくあわれな女神を思わせる。なれば今度こそ、知らぬ振りはすまい」

みずの様は、くすくすと笑いながら釣り竿を振った。釣り針が地中に潜る。

……まさか龍神でもつり上げるとか言わないよね⁉

「起きよ、みな。──久しぶりの馳走だ、ぞんぶんに食らえ」

幻聴かと思うような物騒な発言に驚いた直後。みずの様は、ぶんっと釣り竿を動かした。大海から魚でもつり上げたように。

「え、え、ええっ⁉」

龍神じゃなかった。真っ白な蛙や亀に似た大きな異形たちが、地中から噴水のように大量に飛び出し、地面にごろんと転がった。どうやらみずの様の一族の者たちらしい。

それにしても、見た目はキモかわというか。動き、かなり鈍いんですけど。

「引っくり返って起き上がれなくなっている巨大亀がたくさんいる……」

一族の者たちは、こっちへと駆け寄ってきていた地の神々たちを見て嬉しげに身を起こし、飛びかかった。……さっきの感想は撤回する。動き、速い！

「今のうちに、おゆき」

みずの様は優しく首を傾げて、私たちを促した。

「そ、そんな毒のない顔をしてますが、神々の共食いという恐ろしい光景を生み出した張本人……いやっ、ここはありがたく進ませてもらいます！」

私たちは、微笑んでいるみずの様の横をこそこそと通り抜けた。滸楽たちまでもが毛を逆立てて怯えているのがなんともいえない気持ちだ。

「ああ、護女」

ふと呼び止められ、私は胡汀の腕にしがみつきつつそうっと振り向いた。

「あのな、人の男に飽きたら、おいで？」

「は、はい？」

「また、飲み明かそうな？」

「はい」

深夜の飲み会のお誘いか。そう思って頷くと、無表情の胡汀に強引に姿勢を戻された。朝火さんや白雨さんたちが、牙を剥いた獣のような凄い表情を浮かべてみずの様を見やる。緋剣って皆、奇麗な顔立ちをしているのに、台無しの凶悪顔だ。

「神々はだれもかれも色ぼけなのか？」

白雨さんはこれまでの苦悩をきっぱり消し去ったような怒りの声を上げ、乱暴に司狼に乗って、走らせた。他の皆も一斉に、帰鼓廷へと向かって司狼を駆る。

「そもそも緋宮が真夜中に神女たちと企んで、異様な宴を開いてきたせいではないのか。剣士どものみに留まらず、祇官や神々まで誘っているだろう！　我らには内密にというのが憎たらしい。慎みを持て」

「未不嶺さん!?　こんな状況でいきなりお説教？」

「歴代の緋宮の中でも、美酒ひとつでこれほど剣士や神々を籠絡した女はいないな」

「朝火さん、人聞きが悪い！」

「緋宮、白状しろ。……あのみずのとやらと、まさか二人きりで酒を飲んだことはないな？」

「な、なんの心配なの、白雨さんてば！」

「………」

「後頭部に突き刺さる胡汀の視線が痛い！　洲沙や遠凪さんまで、なにその冷たい目！」

おかしいよ！　今から最終決戦というか死地に赴くような緊迫した状況なのに、なんで私の躾が始まるの？

「ちょっと私専用の通門をこっそり作ったくらいで、そんな悪いことなんてしていないよ！」

「なんだと？」

胡汀は、ぞくぞくするような凍った声を発した。

「鳥専用の、通門？」

「え、鳥って胡汀さん、そこまで阿呆鳥扱い……や、私専用っていうか、仲のいい神様が直通で遊びに来られるようにしただけで……」

全員が愕然とし、それから悪鬼以上の強烈な気配を漂わせた。

おののきつつも、なんだか笑えてしまう。危機を前にしてもマイペースなところって、いかにも私たちらしい。ここに伊織がいれば、完璧だったのに。

彼らは「男遊びは禁止」だの「それをいうなら神遊び」だの「神八つ裂き」だのと、好き勝手なことをわいわいと言い始める。

だから私は、反論した。

「緋剣たちが遊んでくれないせいなのに」

一瞬の沈黙後、全員が怒りを浮かべ、口を揃えてこう叫んだ。

「だったら、呼べ!!」

ええっ、なんか理不尽！

侵入した帰鼓廷内は、神々のたまり場と化していた。

みずの様の一族たちが囮となって神々を引きつけてくれたけれども、内部にはさらにたくさん存在する。誰にも見つからずに進むのは無理だ。

「どうしてこんな事態に？」

私たちは亭の陰にひとまず隠れ、路を窺った。

「帰鼓廷の界も崩れかけてる」

そのおかげで滸楽たちも、ともに侵入できたのだけれど……蒸槻で最も霊的に護りが堅いはずの帰鼓廷ですらこの有様なんて。

「……荒神の脅威は去ったはずなのに、どうして界を強化していないんだろう」

完全に界が崩壊しているわけじゃない。この状態ならまだぎりぎり立て直せる。

「それでもやはり、さすがは帰鼓廷だ。瘴気がない」

朝火さんの言葉通り、先ほど通ってきた平野や貴人区などとは違って空気が濁っていない。

久しぶりにまともな空を見た。太陽が出ている。

「それなのに、なんだか明るく感じない」

目を刺すような眩しさを感じていいはずだ。私の呟きに、未不嶺さんが小さく頷いた。

「帰鼓廷の中だけ大気が捩れているようだ。外に闇が広がっていたのはこのせいか?」

「神々の訪れが関わっているのではないか。実際、空は澄んでいる」

胡汀が小声で答え、慎重に前方を窺った。

「どうする? 行く先を決めずにうろつく余裕はないが」

「うん。大神殿を目指そう。あそこに九支さんがいるだろうし」

そこには『ひの間』もある。だとすると、春日さんも一緒にいるんじゃないか。

私は心臓の位置を押さえた。さっきから胸騒ぎが止まらない。路に溢れるこの神々はいったいどこから現れたんだろう。通門をくぐって帰鼓廷にさまよいこんだとは考えにくい。

通門は、その主が『よし』と渡りを認めた相手じゃなければ、使えないためだ。

――だとすると、ひの間から？

不安が一気に増す。陽都や二廷の状態を回復させるよりも、春日さんの安否を知ることが重要な気がしてきた。

「神殿に侵入できたら、最初に春日さんを捜したい」

私の提案に、皆が奇妙な顔をした。

「まず九支と談判したほうがいいのでは？　仮に休戦が得られたら、次代たる春日にも会わせてもらえるでしょうに」

朝火さんは声に不審な響きを乗せて尋ねた。

「春日さんの安全が先」

「あなたの考えは時々、わからぬ。春日があなたを緋宮の座から力尽くで引き摺り落としたのだろうに、慈悲をもって身を案じるのか」

「普通の意味で心配しているんじゃないよ。交渉の結果に拘わらず、春日さんが人と会える状態なのかが気になるんだ」

私の説明に、朝火さんはふと表情を真面目なものにした。

「歴が動いていなくても、彼女も陽女神の血を受け継いでいることは間違いないよ。……胡汀も言っていたよね、春日さん自身は都の状態を本心から憂えていたって。たとえ倶七帝に利用されていたのだとしても、神々が帰鼓廷を自由に歩き回っているような異常な事態を見過ごすとは思えない」

「そうですね……春日のもとに九支がいるかもしれぬ。いや、倶七帝が九支たちを監禁しているという考えもあるな」

「……神殿に急ごう」

路を闊歩する神々に見つからないよう、遠回りして神殿を目指す。

ほぼ碁盤状に整備されている帰鼓廷内。大神殿は中央区域に建っている。その中央区域もまた、さらに細かくブロック分けされていた。

神殿を中心にして、左右に薬園、前後にはその他の宮や儀式場などが設けられている。

「神殿に近づくにつれ、神々の数が増えているな」

一部の高位の神女たちが寝起きする屋敷――『ひわの宮』の裏門から侵入したあとで、胡汀が軽い舌打ちとともに呟いた。

「人の数より多いのでは？　だいたい、あれらがまことに神というのか？　なんて不気味な」

白雨さんも、嫌悪もあらわに毒づく。帰鼓廷に長く暮らしている朝火さんは平然としていたけれど、他の人や沽楽は白雨さんと同意見らしい。こんなにたくさんの、地の神々を目にしたのは初めてなんだろう。それは私も同じだった。

きらびやかな衣装をまとっていなければ、百鬼夜行とそう変わらない光景だ。蟲や獣、妖めいた姿の神々。人の形を持つ者はほとんどいない。柱神とは違う。神々しさや厳めしさ、あるいはみずの様のような、澄み切った柔らかさが感じられない。

「悪鬼のようだな」

未不嶺さんがぽつりと告げた。

「当然だろうに。神鬼は元来、同じ存在だ。鬼が神となり、神が鬼となる。人が都合良く選り分けているにすぎない」

朝火さんは冷たく答えた。蒸槻におわす地の神々は異形の姿のものが多いと聞いた覚えがある。大半の神は化け物。そんなものにまたがり腰を振る屈辱と恐怖——そう笑ったのは、私の前に緋宮の役目についていた架々裏さんだ。

「春日さんを一刻も早く見つけないと」

彼女を初めて見たときは、苦しかった。それでも知らぬ振りはできない。きっと架々裏さんも、同じ思いで私を見つめていたんじゃないか。

「知夏、これ以上は隠れて動けぬ。神々と争う覚悟はあるか」

ひわの宮の回廊の曲がり角に近づいたとき、胡汀が司狼を止めて囁いた。

「ある。皆、力を貸してくれる？」

全員が静かに頷いた。うちの緋剣たちは本当、不敵というか、悪人顔が似合いすぎて困る。

「しかし、いちいち倒していては埒が明かぬ。とりあえず行けるところまで疾走しましょう」

朝火さんの提案に、皆が突っ走る用意をしたときだ。回廊の向こうに設けられている宮の室内から、「ああっ」と妙に苦しげな女性の声が聞こえた。

　私たちは揃ってきょとんとし、宮へと顔を向けた。……なんだかやけに色っぽい声だ。

「ここは華宮ではないだろう？」

　白雨さんが、私のほうを気にしながら小声で胡汀に尋ねた。華宮を知らない滸楽たちは不思議そうに尾を揺らしている。私もすぐには思い出せなかった。

　緋剣たちが困ったように私を一瞥したことで、ようやく気づく。華宮。緋宮が男遊びをするための宮。そう言うと、なんだか緋宮がとんでもない悪女のようだけれど、実際は違う。力を補うために、男性と交わるんだという。

　また、女性の艶めかしい声が漏れ聞こえた。一人だけのものじゃなかった。

　耳を澄ますと、かなりの数の女性がいるとわかる。人とは異なる笑い声もある。惚けたあとで、状況を飲み込んだ。なぜこの周辺に神々の姿が多いのか。ここは神女たちの宮なのに。

「神女たちが……」

　ひの間での緋宮と、同じような目にあっている。

「――!!」

　私は司狼から飛び降り、回廊の欄干に飛びついた。

「知夏！」

　胡汀が低く叫ぶ。欄干を乗り越えようとして、私は固まった。胡汀の声に止められたためじやなかった。通路の向こうの扉が薄く開いている。そこから、なにかがこっちを覗き見ていた。

『えへ、えへえへ』

扉の隙間からぬるりと出てきたのは、耳の位置に魚めいたヒレを持つ異形の神だった。からかさ小僧のように目がひとつで舌が伸びている。あでやかな衣装がだらしなく脱げかかっていた。

『おまえ、愛らしいなあ。えへへ、知りたいのぅ』

ぬるんと、その神がこっちに手を伸ばしてきた。触れられる直前、後ろから乱暴に引っ張られ、誰かの腕に抱き込まれる。男性ほど大きくない腕。

「――白雨さん」

振り向くと、白雨さんが両腕で私を抱え込み、激しい目でその神を睨んでいた。

「白雨、知夏を乗せていけ！」

胡汀の声に、朝火さんたちが剣を構えた。滸楽たちもまた、忍び寄ってきていた神々を威嚇し始めた。悪鬼や穢主の次は、神々。

あの手この手で蒸槻は私たちを苦しめる。そんな皮肉な思いを抱いたのは一瞬だった。

「緋宮、早く」

白雨さんに誘導され、一緒に司狼の上に乗る。

「……必ず、護るから」

耳に飛び込んできた言葉に、思わず振り向く。白雨さんは深い悩みを宿した目で私を見つめ返した。

「信用してはもらえないだろうが、それでも護るから」

感謝も、拒絶の言葉も思いつかなかった。ただ、彼女が遠い。白雨さんはわずかに悲しげな顔をした。すぐに感傷を振り払うようにして表情を引き締め、剣を取り出す。

神々は、私たちを殺す目的で近づいてくるわけじゃない。私と白雨さんについてはおそらく『美味しい贄』に違いなかった。匂いに気づいたように、あちこちにいた神々が寄ってくる。

白雨さんは司狼を高くジャンプさせて小型の神々の上を越えると、胡汀のほうに近づいた。

「私が神々を引きつけておく。その隙におまえたちは神殿へ急げ」

彼女の案に、怒りのような熱い塊が喉元を駆け上がってくるのを感じた。それ以上に、過去を過去と割り切れない自分がもどかしかった。

私は白雨さんを、どうしたいんだろうか。許したいのか、傷つけたいのか。

——自分の心を探っている場合じゃない。今は、決断を。

「緋宮、胡汀の後ろに移れ」

どうする、彼女を囮にして神殿に向かう？　それとも一か八かで皆で戦う？

考えるまでもなく、答えはわかりきっていた。なにも犠牲にせずに進むことはできない。その中で最善の道を選ばなきゃいけない。そう覚悟を決めた途端、脳裏に嫌な映像が浮かぶ。亡者たちに汚され、救いを求めて腕を伸ばすかつての花神。そこに白雨さんの姿が重なる。神々に身を揺さぶられ、屈辱と恐怖に顔を歪めて……。

「――欲張りおって、愚か者どもが」

厳しいのに、どこか長閑な響きを持つ声が耳に届いた。聞き覚えのある声だ。

びっくりして顔を上げると、こっちに飛びかかる寸前だった猫顔の地の神に、横から飛んできた丸っこいものが体当たりしていた。地の神が地に転がる。ひぃひぃと、乱れた衣の中で喚いている。

「……今、ナマズが飛んでこなかったか？」

白雨さんは奇妙な顔をして誰にともなく尋ねた。その彼女の背後で、また別の丸っこいモノが飛び跳ねた。というより、いつの間にか至るところに飛び交い、地の神々たちをヒレでばっしばしに叩いている。……かなりシュールな光景だ。

「ワレ、どこを見ておる。ここじゃ、ここ」

たぶん私を呼んでいるんだろう声に、はっとし、あたりをきょろきょろする。

「……知夏、遠凪がなにかを食おうとしているが、いいのか」

胡汀も白雨さん同様、微妙な表情を浮かべ、回廊から中庭へと続く段を指差した。

そこに獣姿の遠凪さんがいて、なにかを前脚で押さえている。

「ひいっ、わ、わしを誰と思っておる！　おのれ獣め、頼むから爪を引っ込めぬか！」

切実な声だった。

「こら護女！　眺めていないで、早う助けよ！」

「ぬまごえ様⁉」

胡乱な目をする遠凪さんの足の下で、ヒレを必死にばたつかせている小さな丸っこいナマズ。沼の主の、ぬまごえ様だ！

「遠凪さん、そのナマズは敵じゃないから放してあげて！」

ぬまごえ様は危機から解放されると、二度と踏みつけられないようにするためか、姿を人の形へと変化させた。長い黒髪を斜めに結い上げた、しっとり系の美青年だ。

以前、こののどかな神様の花嫁候補になったこともある。

「ええい、手助けをしに来て滸楽に潰されてはかなわぬわ！」

ぬまごえ様は遠凪さんを見て非常にびくつきながらも、目をつり上げた。

「遠凪さん、わざと威嚇するのはやめてあげよう……って、ぬまごえ様、私たちを助けに来てくださったの？」

「ふん、他になんの理由がある。みずののようなとぼけた神までワレに味方しておるのだろ。わしのほうが、ワレとは付き合いが長いのに」

拗ねてる。

「でも、どうやって帰鼓廷内に」

「どうやってもなにも、ワレの通門を渡ってきたに決まっておろ」

「あっ、そうか！」

ぬまごえ様やみずの様は、フリーパスにしているんだった。私の通門、役に立ってる！

「ぼけぼけしていないで、ここはわしにまかせてさっさと行け」

「ありがとう、ぬまごえ様！」

ぬまごえ様は、得意そうに微笑んだ。彼の一族たちも、地の神々を追い払いながら、ぴょんと飛び跳ねて私にヒレを振る。

白雨さんが司狼の向きを変え、この場を離れる。

見守ってくれている神様たちに、私は大きく手を振った。

辿り着いた大神殿の前には祇官と回紹廷の剣士たち、それに数人の貴人が待ち構えていた。
私たちの到着を見越していたらしい。いったいどこから監視されていたのか、大神殿の手前の路まで近づいた瞬間、音もなく彼らに囲まれてしまった。
その数はざっと見ただけで数百。どうやら倶七帝は、残っていた回紹廷剣士たちをこの場にすべてつぎ込んだようだ。地の神々たちに襲われないよう、祇官が術で彼らを護っている。

困った。ここで全面対決となるのはかなり厳しい。

「お願い、私たちを通して。九支さんと春日さんに会いたいの」

頼んでも、誰一人答えない。回紹廷の剣士たちが一斉に剣を手に取り、弓を構える。

ここまで来て引き下がれない。けれどこの人数を制圧するのは不可能だ。

どうしようか。私自身をひとまず人質にしてもらう？　それで九支さんと面会する方法を取ったほうがいいかもしれない。でもそれだと交渉が不利になる……。

「まれびとの方、邪心を捨て、降伏せよ。最早おまえに抗うすべはない」

回紹廷剣士たちを従えている貴人が扇を閃かせて声を張り上げた。ここにいる貴人は、倶七帝側についている者たちだ。

「さあ、こちらに――!?」

その貴人が、途中で言葉を止めた。

従順だった祇官たちが、さわさわと後退し始めたからだ。明らかにその行動は、貴人たちや回紹廷剣士を裏切るものだった。つまり……私たちの味方につこうとしている？

「――知夏様。お待ちしておりました」

祇官の一人が、声を上げた。見覚えがある。彼もまた貴人区を進軍中に顔を合わせた祇官と同じく、以前の穀物神の儀式で協力してくれた人だ。

「我ら、蒸槻を守護するひとひらの葉にすぎませぬ。葉に、意思はない。大樹の意思に染まるのみ。だが……染めてくださる相手はあなたがよい」

「貴様ら!!　回紹廷の意に背き逆賊に手を貸すのか！」

「倶七帝が、知夏様を処刑した。その結果、都は荒れに荒れ、穢主の住み処と成り果てた。我らが帰鼓廷までも、欲深き神々の巣窟と変わり果てている」

「そこのまれびとがけだものどもに寵を与えたせいではないか！」

「そのまれびとの方が、危険を冒して陽都を清めてくださっている。ならば我ら祇官、なぜ女神に唾吐く真似ができようか」

「いかさまの術しか使えぬ木偶どもめ。神力の煌らかな、かつての歴に敬意を払い、きさまらの冠を剝奪せずにいたものを！　帝の恩情に報いもせず、けだものどもに与するとは。天罰がくだるぞ、いや、この場で私が罰してやろうか」

「黙らぬか、たわけが!!」

祇官が一喝した。どちらかと言えば大人しい性の祇官が貴人を睨みつけ、圧倒している。

「我らがおまえたちに従っていたのは、こうして帰鼓廷に帰還された知夏様を九支様のもとに無事に送り届けるためだ。女神の方を、捕らえさせはせぬ」

「祇官どもが我らの刃を防ぐというか。卑小な呪いに怖じ気づくとでも思うのか？」

「いや、我らだけではないぞ」

空気が動く音がした。どこに隠れていたのか、司狼に騎乗した帰鼓廷の剣士たちが姿を現す。

彼らは、回紹廷剣士たちに武器を向けた。

「回紹廷と、まことに敵対するつもりか」

貴人が怯みながらも唸った。

「はき違えるな。我ら帰鼓廷は、回紹廷の手足となるつもりはない。すべては女神のため、蒸槻のため。——知夏様、今更なにをと思われましょう。だがどうか陽都をお救いください」

祇官たちは示し合わせたように地面に膝を落とし、ひれ伏した。びっくりして動けずにいると、貴人が罵り声を上げ、回紹廷剣士たちに彼らを捕らえるよう命じた。

「あっ……」

彼らの剣が届く前に、帰鼓廷剣士たちが素早く動いた。司狼を駆り、祇官たちを庇って前に立つ。剣士の皆がこっちを……というか、直属の上司である緋剣をちらっと見遣った。「褒めてくれるよね？」と言いたげな視線がなんだかおかしい。いつの間にか、彼らまで一筋縄ではいかない緋剣たちそっくりの大胆不敵な性格に変わっている。

「思う存分叩きのめせ」

そう命じたのは朝火さんだ。

「やれ」

と、短く告げたのは白雨さん。胡汀と未不嶺さんは小さく頷いただけだった。

伊織の部の剣士たちは戸惑いの表情を浮かべている。伊織の姿だけが、ないからだ。

視線を落としたあと、彼らをもう一度見つめる。今は戦うときだ。泣いて悲しむ女はここにいらない。

「祇官たちを護って。それから私たちを通して。行く手を塞ぐ者たちを退けなさい」

「はい、緋宮」

彼らは私を「緋宮」と呼んだ。司狼の背の上で礼の形を取り、改めて武器を構える。

皆の精悍な顔つきに、私も自然と背筋が伸びる。

大神殿の前で乱戦の幕が開けた。

私たちの進行を阻もうと、襲いかかってくる敵剣士たち。力強く大地を踏みしめて帰鼓廷剣士たちも攻勢をかける。鋭く響く刃の音。大気を打つ槍。飛び交う矢。

胡汀が口にしていた『実った』という言葉がふいに頭をよぎった。

その意味が、なんとなくわかり始めた。夢中ですごしてきた毎日。気づかぬうちに絆が実っていたのかもしれない。

時に背かれても、再び手を取って一緒に戦うことができる。

私たちは剣士たちが作ってくれた道をまっすぐに突き進んだ。神殿へと向かって。

三章

神殿の入り口で司狼から降り、徒歩で中へと進む。ふんだんに花蠟が用意されているので、通路はどこも突き当たりまで見通せるほど明るい。予想に反して神殿内は静けさに満ちていた。冬だというのに、空気がひどく生温い。お香のような、こもった甘い匂いも漂っている。

「知夏、どうした。真っ青だ」

通路の途中でふいに胡汀が私の腕を引き、足を止めた。大丈夫と言いかけたところで、朝火さんにも眉をひそめられる。

「随分冷や汗をかいていますね。……少しだけでも休んだほうがよい」

「平気だよ」

後尾についていた滸楽たちが、胡汀や朝火さんのあいだからするりと近寄ってきて、私の足に軽く額をこすりつける。隣にいた洲沙が心配そうに「皆が、背に乗れって言ってます」と仲間たちの行動を説明する。遠凪さんまで、どすっと私の膝裏に頭をぶつけて催促した。

過保護な滸楽たちを微妙な目で見ながら、朝火さんは首を傾げた。

「神殿内の気が大きく乱れ、渦巻いています。だが、あなたの顔色の悪さは、他にも理由がありそうだ」

龍神に神力を大幅に削られたことが不調の原因だろうか。でも、たぶんそれだけじゃない。

――ここに、いたくない……。

冷や汗が滲むのは、まぎれもなく恐怖のせいだ。見えないロープで身を縛り上げられ、自由を奪われたかのような不吉な感覚。一刻も早く神殿を出たいって思わずにはいられない。

「一旦撤退するか？」

白雨さんが、うろうろする滸楽たちを宥めながら提案した。

「大丈夫。ひの間に行こう」

「ひの間？」

怪訝そうにする彼女に頷く。確信があった。楽奪い月、緋宮がこもる特別な儀式の間。神力が足りないときは、そこで、神々の『遊び相手』になるのだという。

「帰鼓廷で最も重要な広間だから」

皆を促し、私は先頭に立って歩いた。

神殿内には、いくつもの広間が造られている。大掛かりな神事を行う際は野外の儀式場を使うけれど、種類によっては建物の中で取り仕切る。細々とした祈禱、あるいは秘儀の類いだ。

そのため『大神殿』は、三十三段の階を持つ本殿をさすだけじゃなく、小さな社や宮なども含めた建物すべての総称の意味も持つ。渡り廊下で繫がっているので、ひとくくりにされる場合があるってことだ。目指す『ひの間』は、右手側の薬園と隣り合っている建物の中。

以前、楽奪い月の始まる頃に、九支さんにひの間に呼び出されたことがあった。聖鳥を模した欄間。真っ黒い両開き式の扉には、白の二重丸が描かれている。

誰も口を開かない。時折神殿内のどこかから物音が響く。人の気配はあるのに、神殿お抱えの神女や祇官は一人も現れない。

渡り廊下を過ぎて社に入る。そこで皆、息を呑んだ。社の中が変わり果てている。

通路の壁や板敷が、まるで木の根か枝でも走っているかのようにぼこぼこしていた。

「なんだ、これは？」

未不嶺さんが硬い声を発し、通路の壁に手を伸ばした。それを白雨さんが止める。

「触らぬほうがいい。妙な力を感じる」

ただし穢れた力じゃないっていうのは伝わる。

「これって私の神力に近い？」

思い切って、木の根状にぼこりと膨らんでいる壁に指を置く。

途端、応えるようにどくんっと通路全体にあるその膨らみが脈打つ。

「ひの間のほうに通じてる」

目を凝らすと、無数の細長い隆起は明らかに通路の奥──『ひの間』のほうから来ている。

「……緋宮と白雨はここで待て。未不嶺、おまえも残れ。俺たちはひの間の様子を見てくる」

朝火さんは早口で告げると、胡汀に合図を送った。

連れ立って行こうとする二人の衣(ころも)を摑(つか)み、引き止める。

「ここまで来て立ち止まりたくない。一緒に行く」

「だが緋宮」

躊躇(ためら)いを見せる朝火さんの腕を、胡汀が強く引っ張る。

「朝火、向こうからなにかが来る！」

私たちは顔を見合わせると、急いで近くの広間に潜(もぐ)り込み、身を隠した。広間の中は暗い。

全員、扉にくっつくようにして通路の様子を窺(うかが)う。

ややして、なにかが広間の前を通り過ぎたのがわかった。蛇(へび)でも這(は)っているような音だ。

胡汀がこっちを見て「地の神だ」と声を出さずに口を動かした。

その音が遠ざかったと思ったら、また別の気配が近づいてくる。衣を引きずる音。複数のぺたぺたした足音。がやがやと、賑(にぎ)やかな声が聞こえる。

『めがみの精は、相も変わらず美味(うま)いのう』

『人世とは楽土のようじゃ』

『人よ、栄(は)えよ』

『富めよ』

『増えよ』

『崇(あが)めよ』

『そして、なあ』

『──我らを肥えさせよ！』

どっと笑い声。酔っぱらいの戯言めいた調子ながら、ぞっとする響きがあった。

『蒸槻を護ろう、蒸槻を慈しもう、蒸槻を──……』

歌うような明るい声が去っていく。私たちはしばらくのあいだ動けなかった。

「……国名たる蒸槻の由来は、無の季──揺るがぬ季節、の意だとか」

ふいに朝火さんがぽつりと告げる。

「季節無き、安寧の地。それがどうしてか、春夏秋冬火々と、複数の季が生まれてしまった」

「それは……花神が悲鳴を上げたせいで」

神世で、この地におりた花神がことじろに汚されたとき。地の隅々まで響き渡った悲鳴が木々も空も揺るがし、とうとう移ろう季節を作った。

それから、花神は死をも願った。だから地に住むすべての者は不死の資格を失った。

「なんのわけもなく叫ぶ真似はすまい。歴を辿れば、女神の苦痛が至るところに散らばっている。……蒸槻の女は、この地を憎んで当然だな」

朝火さんが見せた憂いに、びっくりする。じっとその横顔を見ていると、突然遠凪さんがくいっと私の衣をくわえ、引っ張った。寄り添っていた白雨さんと洲沙が、薄闇に閉ざされている広間の奥を無言で指差す。

耳を澄ますと、ぐうぐうとかすかな寝息が聞こえてくる。闇に目が慣れ、広間全体の様子が明らかになる。寒気が走った。折り重なるようにして地の神々がだらしなく寝転んでいる。あたかも満腹になって横たわっているという風情だった。

「緋宮」

そっちをまじまじと見つめると、朝火さんは小声で私を呼んだ。

「蒸槻は、醜いか？」

「……え？」

「この国を捨てたいですか？」

質問に驚いていると、朝火さんは悔やむ表情で小さくかぶりを振った。気を取り直したように私の手をさっと握り、「そろそろいいだろう」と皆に告げて静かに広間を出る。寝こけている神々が起きる気配はなかった。私たちは『ひの間』に到着するまで一言も口をきかなかった。

真っ黒い両開き式の扉。思った通り、ここを基点にして、無数の枝めいた膨らみが板敷や壁の下を走っている。

「扉が歪んで開かなくなってるね」

「あなたは下がっていなさい」

朝火さんは、私と白雨さんを扉の前から遠ざけた。前脚でがりがりと引っ掻いている滸楽も。緋剣たちが協力し合って扉をこじ開ける。

全員、知らず知らずのうちに、驚きの声を漏らしていた。五十畳以上もある広い部屋。以前はそこに、たくさんの蠟燭で魔法陣が作られていたけれど——。

「どうなっているの」

私たちは入り口で立ち尽くした。無数に置かれていたはずの蠟燭。それが今は、すべて一度溶かされでもしたのか、広間の中央でひとかたまりになり、樹幹のような形に変わっていた。上部は天井まで届いており、そこから、蠟の一部が枝状に広がって壁の中に潜り込んでいる。葡萄の蔓のように、先端が天井からぶら下がっているものもある。

「あの神々どもはなにをしている？」

未不嶺さんが緊張のまざる声を発した。枝状の蠟の先端から滴る赤い雫を、地の神々が競うようにべろべろと舐めている。私たちの出現に見向きもしない。

樹幹に視線を戻し、そこで腰が抜けそうになった。

「——春日さん！」

樹幹に半分埋まるような形で春日さんが囚われていた。蠟の蔓が彼女ごと樹幹に巻き付き、縄の役割を果たしている。私は夢中で駆け寄った。

「なんてことを」

祈禱だけでは陽都の浄化が間に合わなかったためなのか。

「——」

「神力を……精気を搾り取られてる！」

地の神々が脇目も振らず舐めているのは、春日さんの力だ。悠長に神々の『相手』となる余裕がなかったのかもしれない。いや、こんなこと、春日さんの意思じゃないはず。

陽女神の力を奪い続ける地の神。かつての歴史のように、香気根呪法の母体にされている。

彼女の身体に絡み付いている蠟の蔓を外そうとするも、硬さがあってうまくいかない。

「目を開けて！　しっかり！」

血の気のない頰に触れ、強い口調で呼びかけると、春日さんはふっと瞼を開いた。人形のように虚ろな瞳だった。

「皆、春日さんをここから引き剝がして！」

悲鳴のような声が自分の口から漏れた。かなりの大声だったのに、神々は酩酊中でやはり見向きもしなかった。全員斬り捨ててやりたいような激しい怒りが生まれる。

胡汀たちが剣で斬りつけるより、獣姿の遠凪さんや滸楽たちが嚙みちぎるほうが早かった。

「春日さん、もう大丈夫だから」

彼女の身を抱えながら、その場に屈み込む。急いで衣を脱ぎ、ぐったりしている彼女の身体に巻き付ける。仮死状態に陥っているようで、体温が異常に低い。

「あたためないと」

ぎゅっと彼女の細い身体を抱き締める。白雨さんが躊躇いながらも春日さんの手足を揉んだ。

血の気を通わせるためだ。

「――勝手な真似をされては困る」

ふいに、冷たい声が響いた。

はっと振り向く。私たちが入ってきた入り口扉の前に、数人の神女を従えた祇官長の九支さんが立っていた。帰鼓廷の裏ボスで、どこかミステリアスな容姿。黒と白の二色だけを用いた古風な衣。神の器に近づくため、男の性を取り払った人。

「春日を解放してもらっては、困るのだよ」

「九支さん」

全身がぴりぴりするほど緊張した。九支さんが落ち着いた足取りでこっちへ近づくと同時に、胡汀たちが一斉に剣を構えた。滸楽たちや洲沙までも激しい警戒を見せる。

「ふうん、これは奇異な図だ。滸楽と剣士が手を結ぶとは」

九支さんはどこまでも冷静な眼差しで彼らを眺めると、閉じた檜扇の先を自分の唇に軽く押し当てた。最後に、私を熱心に見つめる。

「美しくなられたな。名もなき野花のように、か弱く凡庸な娘であったのに」

「私はなにも変わっていないよ」

九支さんは苦笑した。

「そうだな。変わっておらぬのだろう。ただ開花しただけだな。あなたは凄まじい底力をお持ちだ。怨みに染まった界の川から蘇りを果たすのみに留まらず、女神のお力を制した。荒神をも御し、滸楽も従えて、ここに君臨する。まこと、恐るべき女王だ」

「うん。私は、恐るべき女王だよ。天つ神の意志さえ覆すから」

力強く反論すると、九支さんは笑みを消した。

「蒸槻を転覆させるおつもりか」

「滅亡を望んでいるわけじゃない。私は、九支さんと交渉をしに来たの。陽都の浄化に協力するかわりに、滸楽への手出しをやめてほしい」

最初の予定では、神倉から祓えの儀に使う祭具や当面の生活に必要な金品をこっそりと持ち出すはずだった。そして伊織の救出。それは、叶わぬ夢となった。祭具の類いに関しては……こうなったらあとで強引にでも奪えばいい。そのくらいはしても許される。

「帰鼓廷は、政への干渉はせぬのだが？　それは帝にお頼みしたほうがよい」

「いいえ。陽都の浄化に必要なのは、回絽廷が抱える武力じゃない。帰鼓廷の霊力だよ。だから、決定権はこっちに……帰鼓廷にある」

「要求を飲まねば帰鼓廷は手を貸さぬ……そう倶七帝を脅せとおっしゃるか。それ自体が政への干渉となるのだが」

「大義名分なんてどうとでもなる。そもそも倶七帝が滸楽を滅ぼそうとしているのは、個人的な問題のためだよ」

九支さんはゆったりと腕を組み、探るように私を見つめた。

「別人のように剛胆になられたな」

「怯んだ瞬間、周囲に死が降り注ぐ。蒸槻はそういう怖い国だとわかったから」

その苦痛を何度も何度も味わった。失ったものが大きすぎる。ここで以前と変わらず、弱々しくうずくまっていたら、犠牲となった者たちに顔向けができない。

「滸楽たちを今すぐに受け入れてほしいって話じゃないよ。攻撃をやめてほしいってだけだ。それなら帰鼓廷の不利益にはならないはず」

「私には確約できぬ。いや、ひとまず倶七帝に談判をしたところで、効力はない」

「誤解している。私は、お願いをしているんじゃない」

九支さんは訝しげに眉をひそめた。

「祇官長であるあなたに命じているの。倶七帝を説得しなさい」

「――」

「説得しきれないというなら、先代緋宮の私は滸楽のもとにくだり、倶七帝の軍に対抗する。この混乱に乗じて、私は滸楽と一緒に回紹廷をさらに掻き乱すかもしれない」

「いつくし乙女、無謀な……」

「無謀じゃない。あなたたちが切り捨てた先代に、まだあめつちの意が向いているという事実を忘れないでほしい。それに、あなた方がここで静観しているあいだ、私は滸楽たちとともに、陽都を祓ってきている。倶七帝の策で処刑された先代が蘇りを果たし、陽都を浄化しながら滸楽の側につく。その判断が陽都の人々の目にどう映るか。よく考えてほしい」

滸楽たちがびっくりしたように私を振り向いた。遠凪さんまでも少し驚いているようだ。なにかあったときは滸楽の側につくと約束していたけれど、それが本当に守られるとはどうやら信じていなかったらしい。ちょっと心外だ。というか緋剣たちってば「うちの阿呆鳥がこんなに立派になって……」みたいな感動の目をしているんですが、もう！

「乱心されたのではあるまいな。ご自分が、なにをおっしゃっているかおわかりか？」

「わかってるし、狂ってもいないよ」

「蒸槻の怨敵を見逃せと？」

「――本当に、滸楽は怨敵なの？」

九支さんと一瞬、睨み合った。空気が緊迫したものに変わる。

「未不嶺、朝火。まさかおまえたちまでもが、この方に寝返るとは」

目の端に、未不嶺さんがぴくりと肩を揺らす姿が映った。

「朝火、おまえは滸楽を憎み抜いていたのではなかったか？　その女神は、滸楽の味方につくと言っている。それでも従うのか？」

「強烈に口説かれましたので。今回のみは見逃すと約束させられたのですよ」

朝火さんは人を食ったような口調で答えた。

「……私も、これ以上は緋宮を傷つけられないから」

たどたどしくそう答えたのは、未不嶺さんだ。

九支さんは二人を見つめると、軽く溜息を落とした。

「さすがは花神の末裔というべきだろうか。見事彼らを骨抜きにしたな」

「そうだよ。そういう女になれって、天つ神が定めた」

鋭く睨まれる。怯まずに受け止めると、すぐに九支さんは冷静な態度を取り戻した。

「こたびの陽都の不浄のきっかけは、あなただ。陽女神の末裔たる乙女が許楽に情を持ったゆえ、界が大きく揺れた」

私は奥歯を噛み締めた。揺さぶられるものか。

「そのつけを、春日さんを見下ろす。まだ目を覚まさない。唇は青紫色に変わっている。以前に会ったときよりも、やつれたみたいだ。彼女を支える腕に力をこめ、九支さんへと視線を戻す。

「穢れし陽都を地の神々に祓わせるため、その娘の神力を吸わせているのだよ」

「よくもこんな、ひどいことを」

「なにがひどい？　仕方なかろうに。幾度儀を行い、乞い願っても、あめつちは春日を認めなかった。だがこの娘も蒸槻の祖たる陽女神の末裔であることには変わりない。地を守り続けねばならぬという責任がある」

責任。その言葉を皮肉な思いで聞く。なぜ花神だけが背負わなくてはいけないんだろう。

「言ったであろうに。守られるばかりの護女などいらぬのだ」

重い響きに、背筋がかすかに寒くなる。

「護女は帰鼓廷の飾り物ではない。この蒸槻が滅ぶさまを、ぼんやり眺めていてどうする。いや、女神の末裔たるあなたが蒸槻を滅ぼそうとするならば、それを止めるのもやはり末裔の女でなければならぬ」

春日さんの犠牲もまた私のせいと言わんばかりだった。じりじりとした思いがこみ上げる。

「――あなたは、どうしても陽女神を解放してくれないの？」

「私が陽女神を贄としたいのではない。蒸槻は陽女神の地だ。だからこそ護り続けねば――」

「そうじゃないよ」

戸惑いの表情で私たちの話を聞いている白雨さんに春日さんの身を預け、立ち上がる。

「あなたが、蒸槻に陽女神を封じた」

「なんの話をされている」

「語っていたでしょう、ことじろに。『我が天が滅ぶさまを、ぼんやり眺めていてどうするのだ。我が天を荒らす神などいらぬ』――私の……陽女神の力が思った以上に大きくなっていて、蒸槻に季節を作ってしまった。だからあなたは」

「乙女、気が狂れているのか？」

私は首を振り、九支さんに一歩近づいた。この人を、ずっと帰鼓廷の裏ボスだと当たり前のように思ってきた。無意識に、その存在の強さに気づいていたからだ。

信頼してもいた。かつてのように、裏切られたとわかるときまで。


「天つ神。あなたはずっとそうやって長いあいだ、陽女神の子孫を監視していたんだ」


九支さんは、微笑んだ。

胡汀が思わずというような動きで私の腕を握った。振り向くと、彼は顔を強張らせていた。

「天つ神？　九支の中に、天つ神がいると？」

私は小さく頷いた。九支さんの名前の意味をきちんと考えていれば、もっと早く気づいていたかもしれない。神霊を示すそのままの名前だ。大神の器となるために、性別を取り払った。

「九支さん以外に、天つ神の御霊を宿せる者はいないよ」

というよりも、星神や花神、龍神、ことじろ……すべての子孫が蒸槻にいるのに、天つ神に関係する者だけいないと考えるほうがむしろおかしい。

香気根呪法が長い年月崩壊せずにいたのは、それを代々見守ってきた者がいるからだ。

「――残念だ、知夏」

九支さんは扇をその場に捨てると、笑みを深めた。

「私はおまえが気に入っていた。心優しく無知な娘。できれば長き歴を紡いでほしかった。だが、ならぬ……。蘇りを果たしたおまえの力は、祖たる陽女神のごとく燦爛と輝き、地を揺るがしてしまう」

九支さんはゆっくりと歩み寄った。

胡汀が私の腕を摑んだまま後退する。つられるように他の緋剣や滸楽たちも下がった。

「緋宮、天つ神とは、なんのことだ？」

未不嶺さんが戸惑いながら私たちを交互に見た。白雨さんや朝火さんも同じような表情を浮かべている。それを説明する余裕がない。九支さんから、凄まじい力を感じる。

「蒸槻を平定し、恒久の平安を守るため、私がどれほどの犠牲を払ってきたことか。わかる者はいまい」

犠牲を払い続けたのは陽女神だ。そう言いたいのに、声が出ない。

私を含めて誰もが九支さんに気圧されていた。

「陽女神は力をつけすぎてしまった。男神を虜にし、その力を得るだけの愛らしい姫でなくてはならぬはずだった。なのに予期せぬことばかりが次々と……」

九支さんは一旦歩みを止めると、笑いながら私と遠凪さんを睨んだ。

「陽女神と月神。日月の神たるおまえたちはいつの間にか慕い合った。まったき力が地上に宿れば、天地が逆さになる恐れがあるというのに」

また一歩近づく九支さんから、私たちは離れようとした。けれど、背後には蠟の樹幹が立っている。

「さらには野蛮な異国神が、我が天を奪いに来る」

九支さんの視線が、胡汀へと動く。

「ならばと、天を統一すべく陽女神を添わせようとすれば──愚かしいこと、ことじろが身勝手な真似をしてくれる」

その瞬間、九支さんはわずかに嫌悪を覗かせて未不嶺さんを見遣った。

「陽女神の上げた悲鳴を、私がどんな思いで聞いていたか。哀れと思うと同時に、怪しみもした。季節を生み、死を作るほどの力。宥めるために龍神を地へおろし、ことじろに封じさせるつもりが、ことごとくあてが外れてしまうとは」

「あてもなにも、龍神を罰しろって、天つ神がことじろをそそのかしたくせに！」

「そうとも、陽女神を穢した罪は償わねばならぬ。子たる龍神を殺めさせ、すべてを無に戻し、歴を正すつもりであった。ところが陽女神同様に、ことじろの怨みまでもが膨れ上がり、巨の力と化す。あれの怨念が蒸槻の地にある者たちに老いをもたらした。力とは時間とともに──『日月』の動きとともに衰えると。神までもがその呪詛に取り込まれてしまう」

「……それを覆すために、香気根呪法を編み出したの？」

「そうだ。ことじろが生んだ老い、それをおのれが投身した川の界にて封じる。ことじろの怨念以外に、恒久に平安であるべき蒸槻を予期せぬ衰廃の刻から守る者はおらぬ」

鋭い眼差しが私や未不嶺さん、遠凪さん、胡汀を貫く。

「私の苦悩を、いったい誰がわかろうか。誰もかれもが先の世を見ることもせず、おのれの欲ばかりを満たそうとする。陽女神よ、おまえが憎くて異国神と添わせようとしたと思うのか。ことじろよ、おまえが恨めしくてけだものに変えたと思うのか。月神よ、おまえを軽んじるあまり、ことじろとの定めを入れ替えたと思うのか」

九支さんは、ばさりと音を立てて袖を払い、私たちに背を向けた。

「愛しいおまえたちを犠牲にしてでも、新たな地たる蒸槻を破滅から護り続けてきたというのに——いつくし乙女、おまえはその大樹たる呪法を枯らすと？　おまえたちの怨みが原因で蒸槻に老いと死がもたらされた。この移り行く季節のように、定まらぬ世を招き、歴を塗り替えるつもりか」

「違うよ。決められた道を進むときも必要だと思う。でも、私たちは成長する。決められた道だけじゃもう満足できない。どんなに怖くて、先がわからなくても、自由な未来がいい」

「破滅を選ぶというのか」

「自由と破滅は同じじゃない！　幸せだってきっと見つけられる。たとえ怨みから始まったのだとしても、移り行く季節はとてもきれいだもの。春に草花が芽を出して、夏に太陽が輝いて、秋に紅葉が色付いて、冬に大好きな人たちと雪原を駆け回る。だから私は、陽女神の末裔は、神力を宿し続けたんだ。蒸槻をいつか、誰かを犠牲にしてじゃなく、皆で手を取り合って護っていけるように！」

「おまえは——本気で私の築いた恒久の世の基盤を壊すつもりなのだな」

九支さんは、改めて私を見つめた。

「させぬ。蒸槻は、神が定めし地。法に則り、永久を抱く。これこそが野蛮な異国の者から大地を護る唯一のすべだ。地という柱が天を支える。我があめつちを、揺るがすな」

「九支さ——」

「羽衣を持っているな。胡汀？」

ふいに九支さんは胡汀の全身を眺めた。

「歴史の記録書であり予言書でもある陽女神の羽衣。今一度、呪法を重ねよう。愛する末裔たちよ、礎となれ」

胡汀は自分の胸を押さえた。そこに入れていたらしい陽女神の羽衣がするりとひとりでに垂れ落ち、胡汀の周囲をぐるりと回る。

「羽衣が……！」

摑もうと、私は慌てて手を伸ばした。ところがひらりとかわされてしまう。羽衣は私たちの周囲を魚のような動きで優雅に巡った。

それがいつしか、透き通った玉虫色の、大きな美しい鳥に変わる。尾が体長よりも長い。龍神にもどこか似ていた。一方で、たおやかな女性をも思わせた。

「歴とは、限りなく美しかろう」

九支さんの声に、私は目を凝らした。玉虫色の身の中に、なにかが渦巻いている。それは蒸槻の文字であり、七色の霧であり、あらゆる人や獣の顔だった。

混沌としたすべてのものが鳥の身におさめられているようだった。

「古よ、ここに在れ」

九支さんが命じた瞬間だった。

鳥が、腹部の中の混沌を勢いよく吐き出した。

鼓膜を破るような、無数の悲鳴が『ひの間』に響き渡る。男、女、子ども、老人、獣の悲鳴。風の音、雨の音、雷の音……たとえようもなく渾然一体としていた。パンドラの箱の話をふと思い出す。災いと悪が詰まった箱。それを引っくり返したよう。

私はとっさに耳を押さえ、うずくまった。緋剣たちも同じように身を屈めていた。目を開けていられない。やむことのない悲鳴。身体中にしみ込んで、心臓を破裂させてしまいそうだ。

「知夏！」

そばにいた胡汀が腕を伸ばし、私の身体を乱暴に抱き寄せる。

嵐のように駆け巡る無数の悲鳴は慟哭に、呪詛に、歓喜に、産声に変わった。生ある者たちの日々の躍動。争い、滅亡、興隆。巡る。月と太陽のように、なにもかもが巡りくる。

山裾を鹿が駆けていく。狩人が仕留め、宴を開く。静寂の森では、老いた狼が人知れず命を終える。晴れた空を渡り鳥の群れがゆく。川の流木に虫が止まる。日の光に晒された透明な翅に、虹の色が乗っている。木漏れ日の下では蟬が鳴く。力強く鳴く。谷が豪雨に飲み込まれる。平原では綿毛が舞う。紅葉が山を燃やす。木々が育ち、草花が伸び、泉が湧き……枯れて、朽ちて、芽ぐむ。また地上で戦鼓が響き渡る。人が生死を繰り返す……。

時代の成り立ちというものを、それらの叫びを、全身に浴びた気がした。『歴史』という壮大な物語を、身体で受け止めた。そこに言葉はいらなかった。

そして、沈黙が訪れた。

私は恐る恐る目を開けた。『ひの間』が、消滅していた。

いや、『ひの間』だけじゃない。大神殿も、帰鼓廷も陽都も存在しない。

「ここは——、嘘でしょう？」

私は胡汀の衣を握り締めた。彼とともにゆっくりと身を起こす。近くにうずくまっていた他の人たちも、恐る恐るという様子で顔を上げた。

視線を巡らせる。見渡す限りの、光の雲。遥か彼方まで淡く輝く群雲が地に広がっている。

天国ってこんな感じだろうか。そんな馬鹿な考えを抱いた直後に気づく。

「まさか、榊之原にいる？」

胡汀の視線を感じた。獣形の遠凪さんや許楽たちが不安そうに私の足元に寄ってくる。私は

茫然と辺りを見回しながら遠凪さんたちの顔を撫でた。白雨さんが一頭の滸楽に近づき、気絶中の春日さんを背に乗せてほしいと頼んだ。

「緋宮、榊之原とは？」

朝火さんたちも戸惑った様子で集まってくる。

「天つ神が造った……神々が暮らす天原に似てる」

「神々？　まさか天界とでも言うのか？」

未不嶺さんは不審げに尋ねてきた。私は答えられなかった。心臓の音が激しい。天原のはずがない。そう否定したいのに、どこかで確信している。恐れをごまかすため深呼吸する。

「そうだ、九支さんはどこに――」

言葉の途中で、強風が吹いた。衣の裾をはためかせ、髪を宙に舞わせた。胡汀が少し慌てた仕草で私の髪を押さえてくれる。風は、光り輝く群雲も呆気なく吹き飛ばした。地肌が覗く。遠くには峻嶺。豊かな大地。私たちは、どうやら山中にいる？

「だとすると、天原の神山？」

深呼吸を繰り返しても気持ちが落ち着かない。初めて見る景色なのに馴染みがある。その感覚が怖い。ちちち、と小さな鳥が可愛らしい鳴き声とともに私たちの上空を通り過ぎた。

「どうなってる？　ここは蒸槻ではなくまことに天原なのか？」

胡汀は私の手を握り締め、緊張の声を発した。それに答えようとして、ふと足元を見下ろす。

「や……っ！」

私は小さく声を上げ、胡汀から勢いよく身を引き剝がして数歩下がった。

「知夏⁉」

決して胡汀を嫌がったわけじゃない。自分が、一匹の蝶を踏み潰していたからだ。

羽がもがれた、無惨な蝶。目の前が暗くなった。

ひどく既視感がある。とても嫌な記憶が、深い場所から引き出され、心を覆う。

「おまえ、震えているぞ」

胡汀は戸惑いを覗かせながらも心配そうに言い、また乱れてしまったらしい私の髪に手を伸ばした。私はさらに後ずさりした。自分でもなぜなのかわからないけれど、急に心細さが募った。誰もいない場所にすぐさま逃げ込みたい衝動に駆られる。

「緋宮、どうしたんだ。身に異変を感じるのか？」

未不嶺さんが困った様子で尋ねた。どきっとする。彼が怖い。だって彼はことじろの……。

「来ないで」

無意識に拒絶の言葉が口から漏れた。全員が動きを止め、驚いたように私を見つめた。

遠凪さんも、戸惑ったようにこっちへ近づこうとする。私はとっさに飛び退いた。

「近づかないで！」

ああだめだ。けだものは、嫌！——違う、待って。なにを考えているの私。遠凪さんはひどい真似なんかしない。胡汀も、未不嶺さんも、私を傷つけない。

「皆は仲間で、緋剣だ。私は緋宮で、花神そのものとは違う」

でも、嫌だ、嫌、怖い、蝶を潰してしまったんだもの——あのときのように!!

「緋宮、なにがあった?」

春日さんの状態を確かめていた白雨さんが慌ててこっちに駆け寄る。私は安堵した。花守の乙女は平気だ、怖くない。

「……違うっ、そうじゃなくて!」

記憶が混乱している。蝶を踏んでしまったせいで、花神の悲劇が自分自身の体験のように思えてくる。

胡汀と未不嶺さんが途方に暮れたように立ち尽くしている。遠凪さんや洲沙、滸楽たちも。なんでもないって、笑いかけなきゃ。なのに、どうしてもできない。目を合わせることさえ恐ろしく感じる。丸裸で皆の前に立っているような心地。焦りが尚更理性を奪う。

「……ご気分が悪いのか」

朝火さんが、彼にしては珍しくおずおずとした態度で静かに近づいてきた。そっと伸ばされる指を見つめる。……どうしてだろう、朝火さんも怖くない。

「心細くていらっしゃるだけか?」

頬に触れても私が怯えなかったからか、朝火さんは明らかにほっとした。いつもの調子を取り戻し、当然のように告げる。

「どこに迷い込んだのかはわからぬが、あなたのことはお守りするゆえ、そう案じずともよい」

「……ん」

「深刻になる必要もない。おそらく九支の術中に嵌まってしまっただけでしょう」

「では、私たちは九支の幻術の中にいると？」

白雨さんが私の肩を優しくさすりながら、朝火さんに問いかけた。

「そうだろう。さあ、とっとと九支を捜して、うつつに戻りましょう。……おまえたちも、いつまで幼子のようにしょげ返っているんだ」

朝火さんは呆れたように腰に手を当て、胡汀たちを見遣った。未不嶺さんと胡汀が顔を見合わせ、わざとのように不機嫌な表情を作る。私のほうを向こうとしない。

「緋宮、気に病むことはない。未不嶺も胡汀もあなたに対して遠慮がなさすぎた。とくに未不嶺など、川面に落ちた紅葉のごとくくるくると、帝と緋宮のあいだを行ったり来たりし……」

「朝火さん！」

未不嶺さんが一気にしゅんとしたのがわかり、違う意味で焦る。朝火さんは時々、物言いが過激すぎる！

「なにをしても許されると、今まで甘えていたところがあるでしょう？　実際あなたは、上に立つ者でありながら臣下を友のように扱う。思い上がる者が出ても仕方ない。ですので、これもよい仕置きとなる」

「待て。朝火が言うと説得力がない。だいたいおまえは、緋宮を独占できて喜んでいるだけじゃないか？」

「うるさいぞ、白雨。そも、おまえとて図に乗りすぎだ。たやすく許楽に靡いたな？　俺の信念は今も昔も変わっていないぞ。人に仇なす存在は滅する。それ以外にない。だが融通くらいはきかせてもいい。緋宮ご自身にあれだけ熱心に口説かれたから、今回ばかりはともにいるというだけだ」

　う、うん、まあその通りっていうか、この中で一番シンプルなのは確かに朝火さんなんだけれど……もー！　白雨さんまで撃沈させている！

「さあ、こういった馬鹿者どもは置いて、九支を捜しに行きましょう」

　朝火さんはにっこりと微笑んで私の手を取った。そのときだ。草むらからなにかが這ってくる音が聞こえた。私たちは動きを止め、緊張しながらそっちを見つめた。

「なんだ？……蛇？」

　未不嶺さんは長い髪を片手で押さえながら草むらを覗き込んだ。すぐに、ぱっと身を引く。

「生首!?」

「えっ、な、なに？」

　草むらから出現したのは、蛇でも蜥蜴でもなかった。未不嶺さんの指摘通り、人間の生首がごろごろといくつも転がってくる。恐ろしさを感じる前に、まずぎょっとした。

普通の人間の顔とは違って、やや鬼寄りだ。青みを帯びた、波打つ黒髪。小さな角らしき突起が額や両耳の上から飛び出ている。

「生首の百足か？」

白雨さんが私の腕を取って後退しながら、頰を引きつらせた。私もちょっと腕に鳥肌が立った。生首に、にょろりと白くて細長い百足の胴がくっついて――。

「違う！　百足じゃない、骨だ」

背骨が百足のように変形している。下半身の骨はくっついていなかった。そのせいで百足っぽく見えたようだ。穢主とも、悪鬼とも異なるモノ。勿論、神々の類いとも違う。

その不気味な生首たちは私を見つめ、騒ぎ始めた。

『ひかるおとめじゃ、いつくしひめじゃ』

ざわざわと骨を動かし、一斉に近寄ってくる。

「地の神々同様に、緋宮の神力を狙っているのか？　おぞましい化け物どもめ」

穏やかな見た目に反して好戦的な朝火さんが、準備運動とでもいうように剣を軽く振る。

「九支のやつ、なにを考えている。こんな化け物どもで我らを引き止められるとでも？」

「ま、待って、朝火さん」

なにかが、おかしい。私はどこかでこのモノたちを見た覚えがある。

どこで？

「だめ、殺したらきっと、よくないことが起こる」

「問題ありませんよ。こんな醜悪たるモノなどあなたに近づけさせせぬ」

朝火さんは私が止めるのも取り合わず、剛胆な宣言をして剣を振るった。生首から胴部分となる背骨を切断する。ぎゃああ、と生首たちが泣き喚く。

『神王よ、お助けを』

『我らを化け物と呼ばわる無慈悲な天原の神々よ！』

『手手直毘神を許してはなりませぬ』

朝火さんが剣を下ろし、眉をひそめた。

「この化け物どもは、なにを言っている？」

私は愕然とした。手手直毘神。その名は、確か。

「八番目の、神」

「……緋宮？」

不思議そうにする朝火さんと見つめ合う。

彼の中に流れる血。それを初めて意識した。他の緋剣たちは皆、花神を祖とする私と何かしら繋がりがある。だったら朝火さんもそうだと考えるほうが自然だ。

「神世で……、天つ神の産みし八番目の男神が香香津目羅星に無礼を働いたことがある。だから香香津目羅星は、怒りのままに男神を切り刻んだ」

「緋宮まで、なにをおっしゃっているのか！」

朝火さんは焦れたように私の腕を摑んだ。

「禍と穢れを祓う男神……、強くて、邪を許さなくて、いつも率直な――」

朝火さんの祖が、八番目の男神である手手直毘神？

だとするなら。

「朝火さん、逃げて」

「逃げる？　なぜ」

八番目の男神を切り刻むのは香香津目羅星――星神だ。

「胡汀なの。星神は！」

朝火さんは瞬きののち、胡汀を見遣った。

「神話が再現される！　ここで香気根呪法を完成させるつもりなんだよ！」

古よ、ここに在れ。『ひの間』で九支さんはそう言った。天原の出来事を繰り返すつもりだ。

子孫の私たちにそれをさせて、崩れかけた香気根呪法を強固にしようと計画した。

「胡汀が星神で、朝火がなんの男神だと――胡汀、おい！」

未不嶺さんは質問の途中で急に青ざめ、胡汀の衣を慌ただしく引っ張った。

胡汀の視線は、生首に釘付けだった。

『神王よ！』

『我らの屈辱を晴らしたまえ！』

生首たちが胡汀を見上げ、狂おしく訴える。

胡汀を『神王』と呼ぶモノたち。ならその正体はひとつしかない。

「――やめろ、俺に、私に、近づくな」

胡汀は片手でこめかみを押さえ、よろめいた。生首だけではなく、私たちの手さえ拒むように。彼までが太古の記憶に揺さぶられている。それがわかり、血の気が引く。

「胡汀、だめ！」

『神王よ‼』

『我らの無念を‼』

「胡汀っ‼」

「呼ぶな――‼」

ざわりと彼の周囲の空気が急激に歪んだ。火のような力の気配。星神の魂が無理やり表に引き出されようとしている。

「皆、早く下がれ」

朝火さんが胡汀に視線を向けたまま、私たちに呟いた。未不嶺さんが素早く離れ、きょとんとしている洲沙の腕を取ってこっちに近づく。

胡汀の足を、切断された生首の背骨がよじ登った。

「しっかりしろ、胡汀！　振り払え！」

朝火さんの呼びかけに、胡汀がはっと顔を上げる。身に張り付く背骨を振り払おうとする彼に、地に転がっていた生首が赤い色の混ざった唾液を飛ばしながら訴える。

『神王よ、天原の神々に騙されてはなりませぬ！』

「この生首どもはなんだ！　なぜ胡汀を惑わせようとする！」

「やめて、斬らないで！　それは星神一族の民だよ！　傷つけたら、胡汀が……っ」

朝火さんは焦れったそうな表情を浮かべながらも、生首に突き立てようとしていた剣を止め、身を引いた。ところが生首のほうが積極的に飛び上がって彼に嚙み付こうとする。

朝火さんは条件反射の動作でその生首を真っ二つに切り捨てた。地面に散らばる血肉。仲間の生首たちが怒りの声を上げ、飛び跳ねて髪を振り乱す。

『我らを討つつもりだ！　神王、裁かれよ！　裁かれよ‼』

私は息を吞み、怖々と胡汀に目を向けた。彼は真っ青な顔で耳を押さえ、地面に片膝を落とす。一瞬、彼の周りの気配が陽炎のように揺れた。

「あ――」

変化が始まった。胡汀の髪の毛が、さわさわと伸びていく。肌の色も少し濃くなり、体格もわずかに変わる。身体をよじ登っていた背骨が彼の肩へと回った。それが歪み、椰真ちゃんのような黒い羽へと化す。私はその姿を以前、目にしたことがあった。

「星神様」

私の呟きを拾ったらしく、胡汀はゆるりと視線を上げた。銀色に輝く冷たい瞳が、私から朝火さんへと動く。彼の手には、変形した隼鉄の剣。鳥肌が立った。

「朝火さん!!」

私は力一杯朝火さんの腕を引っ張った。瞬きのあいだに胡汀が——星神が距離を詰め、白刃を閃かせる。その切っ先が、朝火さんの上腕を掠めた。星神は間髪を容れず、次の一手を繰り出す。朝火さんは私を突き飛ばすと、素早く身をよじり、剣で星神の刃を防いだ。

「胡汀！　おまえまで九支どもの策に囚われてどうする！」

「——滅してくれる」

いつもの胡汀よりも低い、冷ややかな声。彼は力尽くで朝火さんの剣を弾き飛ばした。慌てて朝火さんに加勢しようと接近した許楽たちを、片腕のひと振りで生んだ神力の風で吹き飛ばす。そちらを確認もせず、彼は焦らすように朝火さんの手のひらや肩、太腿を少しずつ切り裂く。

「私たちを化け物と言ったか。ならば天原の憎し神よ、おまえの身も化け物のように潰してあげよう」

「ふざけたことを言ってくれる」

「ふざけてはいない」

星神は片手で長い髪をかき上げ、嗜虐的に微笑んだ。憎悪が滲む眼差し。全身から立ち上る神力が大気を揺らめかせ、皆を威圧した。

「やめて、胡汀！」

とっさに朝火さんの前に這い寄って盾になると、星神はわずかに怯んだ。

「下がれ、花神。美しいおまえを血に染めるつもりはない」

星神は、ぱっと横を向き、早口で告げた。唐突に思い出す。星神はいつだって神々の宴の席で花神と目を合わせようとしなかった。自分の醜さを恥じていたからだ。

「お願い、傷つけないで」

「……下がれ！」

星神は唸るように怒鳴ると、私の腕を掴んだ。

「痛っ」

私が小さく声を上げると、彼は途端に狼狽え、手を引っ込めた。そのときだ。

遠凪さんともう一頭の滸楽が私たちの前に飛び込んできた。乗れ、という合図だ。

「――月神の一族か。今更おまえたちになにができる？」

星神は荒々しく吐き捨て、剣を閃かせた。彼の背後に忍び寄っていた別の滸楽が大きく飛翔した。その気配を察した星神はすぐさま振り向き、腕を払った。神力を使ったらしい。滸楽の身体が大きく吹き飛び、地面に転がった。

「大丈夫!?……星神様、滸楽たちを攻撃しないで！」

その滸楽は多少よろめきながらも、すぐに起き上がった。安堵が胸を満たす。

よかった、ここでもしも胡汀が滸楽を殺していたら、たとえ意識が星神に乗っ取られているせいだとしても、今の関係にきっとひびが入る。

「おまえはなにがあっても月神を選ぶ」

星神の自嘲に、どきっとする。

「そ、そういうことじゃなくて！」

やきもきしたとき、遠凪さんに衣の裾を引っ張られた。「早く乗れ」と催促されている。私は急いで彼の背に乗った。朝火さんや白雨さん、未不嶺さん、洲沙も滸楽らに素早く騎乗する。

「花神っ！」

星神が憤りの声を上げた。胸が痛む。彼を置いて、ひとまずこの場を離れるしかない。

九支さんを見つけて術を解けば、胡汀の意識が戻るかもしれない。その可能性にかける。

――殺し合いを防がないと。

なんとしてでも神世の再現を阻止しなければ……朝火さんをまず護らなければいけない。

「走って！」

滸楽たちに声をかける。

「逃げるか、天原の神よ、花神よ!!」

星神の怒りが背中にぶつかった。振り向くと、彼がこっちを見据えながら片手を自分の頬に当てた。ずるりと剝がれる目元の刺青。それが地に落ち、捩れて、何体もの鬼神たちへと変化する。楽奪い月にも見た鬼神だ。下半身は蜘蛛、上半身は七本の腕を持つ阿修羅のような姿。獣骨の冠を頭に載せ、目玉を連ねた首飾りを下げている。

「――……!!」

どくんっと激しく心臓が動いた。意識が砂嵐に覆われ、一瞬ぶれる。――あぁそうだ、あの刺青は、おのれが倒した神の血を塗ったものだ。太古の一族を自身の使役に変えている。

「九支さんを捜さないと……っ」

滸楽たちが全速力で駆け出す。星神も鬼神の背に乗り、私たちを追ってくる。全身が粟立つ。

私は、これと同じ光景を、神世で……。

ぐらり、と視界が揺れた。再びの砂嵐。『知夏』が次第に薄れていく。

神世の記憶がまざまざと蘇った。――襲われてしまう、兄君様!! あなたがいらっしゃると聞いて地上におりたのに、私を待っていたのは獣のように獰猛な、恐ろしい異国の神!

「嫌っ、嫌――耶麻、逃げて!!」

「緋宮!?」

隣を走る滸楽に乗っていた朝火さんが驚きの声を上げた。

「どうしたんです、緋宮！　なぜ椰真を呼ぶ！」

「追いつかれる！　お願い、もっと速く走って……‼」

「緋宮、しっかりしろ！」

白雨さんの声も聞こえた。しっかり。うん、しっかりしないと。

でも、わからないよ。白雨さん、どうしよう、白雨――……誰、思い出せない、意識がぐちゃぐちゃなの、なにもわからない‼

「――なぜ逃げる！　私が醜いからか、野蛮な異国神がおぞましいか‼」

怒りをたたえた星神が追ってくる。私を、殺しに。

「ことじろ……っ、ことじろはどこにいるの！」

「緋宮様！　霊を飛ばさないで！」

少年の声。誰だろう、誰、誰……。

「兄君様、迎えに来て。どこにいらっしゃるの！」

「緋宮……知夏！　霊を戻せ！　あなたは花神ではない！」

あぁ、朝火――手手直毘神の声も。私は目を瞑り、必死に耶麻の背にしがみつく。

でも、私を乗せているのは本当に耶麻？　わからない、いや、今は逃げることを考えなくては。かの神はどこにいる。私を救ってくれるのは、ともにこの地におりてきた彼しかいない。

「ことじろ、助けて‼」

「やめろ緋宮、呼ぶな!!」

「緋宮!!」

手手直毘神の声、花守の乙女の声。緋宮、緋宮。いったい誰の名。それになぜ、彼らの声が私の耳に届くのか。あのとき、彼らは地上にいなかったのに。

——あのとき?

私は今、どこにいるの?

瞼を開き、視線を巡らせる。黒い毛並みが目に飛び込んだ。寒気が走る。

私を乗せているモノはなに?

「違う……っ、耶麻じゃない!」

私は悲鳴を上げ、見知らぬ獣の毛から手を離した。獣が慌てたように速度を落とし、振り向く。その動きに、私は対応できなかった。地面に転がり落ちてしまう。

そうしてまた、私は置き去りにされる?

「嫌、置いていかないで、耶麻!!」

両手でこめかみを押さえ、声を振り絞る。嫌だ、地獄の時間がやってくる。身も心も苦痛の中へと落ちていく。私の心を引き裂かないで。兄君様はどこにおられるのか。なぜ助けに来てくださらぬ。私たちの恋は幻だったというのか!!

『いつくし乙女』

私は、はっと顔を上げた。

気がつけば、正面に黒い澱に塗れた神が立っていた。彼を知っている。

「伊……龍神」

『ことじろの子よ、おまえ以外に花乙女を護れぬ。さあ、星神の首を落とせ。それはおまえの定めだ』

龍神が指差した相手は、こちらに引き返してきた灰色の長い髪を持つ青年だった。彼が息を呑み、私に目を向ける。誰だっただろう、この青年は。

思い出せない、どうしたらいい。この私はいったい誰——……。

『星神を殺さねばならぬ。蒸槻を蹂躙し、憐れな花神を奪おうとする野蛮な異国神だ。守らねば、乙女は蒸槻から奪われてしまう……』

「わ、私は……っ」

青年は身を震わせ、視線を別の方向へと動かした。後方から鬼神が迫ってきていた。

「未不嶺、まやかしの言だ。それは、九支の術による偽の神だぞ！　耳を貸すな!!」

「だが朝火、今の胡汀は尋常ではない。おまえを殺めて、緋宮を奪うつもりでいる！」

「未不嶺!!」

「我ら王族の祖は、花神を苦しめた。それが歴の基盤となった。これでいいはずがない。蒸槻は最早、積もりに積もった怨みで破裂寸前だ。花神の末裔に償わねば。異国神に渡すわけにはいかない！」

未不嶺と呼ばれた青年は、手手直毘神の制止を振り切ると、自身を乗せている獣を促して来た道を戻った。躍りかかるおぞましき鬼神を鋭利な剣で切り捨てる。

「あ……あっ、だめ」

違う、殺してはだめ。このままだと——そう、星神が呪詛を放つ。まっさらな天に、無数の銀色の穴があく。満月すら圧倒する星の数々が夜空に輝くようになるのだ。

「緋宮!!　未不嶺を、胡汀を止めろ！　おまえ以外にあいつらをとめられない」

未不嶺、胡汀。花守の乙女の言葉が胸に落ちていく。

「緋宮、お願いだから！」

「嫌、嫌！　誰か!!　なぜ兄君様は来てくださらないの！」

「花神の念に囚われてはだめだ！」

「やめて、私を天へ帰して！　兄君様、なぜ私を助けに来てくれないの!!」

「——助けなど待つな、緋宮!!」

騎乗していた獣から下りて近づいてきた花守の乙女が、私の肩を掴み、叫んだ。

「おまえは待つ娘じゃない、自分の力で飛び越える娘だ！」

花守の乙女は、私たちのそばに咲いていた花を無理やり引きちぎった。この神山に咲く花の茎は太く、硬く、棘がある。素手で触れれば血塗れになる。引き抜けるはずがない。乙女は必死な様子で茎を摑んだ。どうしても引き抜けず、花びらだけを数枚、むしり取る。

それを、顔をぐしゃぐしゃにして私に差し出す。

「私を護ると誓っただろう！」

なにを——。

「枯れぬ花を渡して、私に、たくさん幸せを拾うのだと！　そう笑ったおまえがいい、花神など私は知らない！」

「あ……」

「私に好かれればおまえは有頂天になるのか、そしてもとに戻るのか。それなら、とっくに叶えられている。頼むから、戻れ!!」

記憶の矢に貫かれる。あれはまだ、季節が巡る前のこと。地に咲いた鉄の花を差し出して、彼女にプロポーズまがいの真似をしたことが。あの誓いを立てたのは、花神じゃなくて。

「私は」

誰かがぺろりと私の頬を舐めた。転がり落ちる涙を消すように。

「耶麻……？」

「椰真じゃない、滸楽だ、遠凪だ！」

私の肩を揺さぶる花守の乙女の顔をじっと見つめる。違う、彼女も花守などではなく。

「白雨さん」

告げた瞬間、彼女はぶつかるようにしがみついてきた。手から、花びらがひらりと落ちた。

「緋宮、今度は私が護るから。なにがあっても今度こそは護るから。もう少しだけ、あとわずかだけ、踏みとどまれ！」

誰かの言葉に似ていると思った。そのおかげか、心を覆っていた殻が剝がれていく。

ぐい、と頬になにかが押し付けられる。滸楽……遠凪さんの鼻先だった。叱るように、励ますように。遠ざかっていた『知夏』の意識が、徐々に戻ってくる。

緋宮。私のこと。大丈夫、全部思い出せる。皆のことも、自分のことも。

私はぼんやりと視線を動かした。後方で、緋剣たちが戦っていた。

鬼神を切り裂く未不嶺さんの剣。星神の攻撃に晒される朝火さん。どうしたことか、いつもの猪突猛進な朝火さんらしくない。攻撃を防ぐだけで精一杯という様子だ。

「――立ち上がらないと」

そうだ、もう少しだけ。ここまで頑張ってきたんだもの、あとちょっと！

「いつかの世では戦女神になろうかって、そう考えた。だから私は、諦めず、負けず……」

全身に力を入れ、白雨さんと一緒に立ち上がる。

滸楽たちが元気に尾を振って私の足元にすり寄った。

「乗せてくれる？……って遠凪さん、そんな皆を強引に押しのけなくても……や、なんでもない！　乗せてね！　行こう、白雨さん」

白雨さんは泣き笑いの表情を見せて頷いた。滸楽たち、見惚れている！

女性に優しく、仲間として受け入れた者はとことん大事にする滸楽たち。遠凪さんも。

「あっちに突っ込んで」

遠凪さんは私の願い通りに鬼神たちのあいだを駆け抜け、星神に接近した。

朝火さんを殺させない。勿論、未不嶺さんにも手出しはさせない。神世がどうこうって問題じゃなく、全員、『知夏』の大事な仲間だ。

「こんな意地の悪い運命に、もう誰も渡さない！」

私は覚悟を決めて、「えーい！」と勢いよく遠凪さんの背から飛び降りた。

というより、全力でジャンプし、星神にタックルした。

遠凪さんがぎょっとしたように止まり、こっちに首を向ける。星神と朝火さんのあいだに割り込んで引き剥がすのかと考えていたんだろう。それだけじゃないもんね！

「――花神、なんの真似だ！」

啞然とした顔で私を抱き止めた星神を、きっ、と睨みつける。

「好き!!」

「――」

「胡汀と星神は一心同体でしょう！　そういうどうしようもなく複雑で厄介なあなたたちが好きなの！　でも朝火さんを殺したら、好きじゃなくなる！」

星神は、目をまんまるにして私を見下ろした。

「……。緋宮、力の抜けることを堂々と……」

朝火さんが剣を振り上げた体勢のまま、がくっと項垂れた。

他にいい言葉が思い浮かばなかったんだもの！

「これだから緋宮は！　どこまで呑気なのか。少しは状況を考えたらどうだ。だいたい、普段から上品に振る舞うようにとあれほど忠告していただろう。なぜ耳を貸そうとしない」

「未不嶺さんも！　鬼神を斬りながら説教しない！」

あぁ、いつもの私たちだ。マイペースに突き進み、皆で苦難を乗り越える。

そう考え、頬が緩んだ瞬間――。

「犬め。やはりおまえは出来損ないか」

低い罵りとともに、どこからか銀の蔓が飛んできた。

「え――」

それが私の身体に巻き付く。なにが起きているのか把握できないまま、ぐんっと勢いよく身体が後方に吹き飛んだ。茫然とする星神の腕から引き剥がされてしまう。

地面に転がされる前に、誰かに後ろからきつく抱き締められた。いったいなにが――。

「蒸槻は、私のもの」

囁く声に、肌が粟立つ。視線をゆっくりと後方に向ける。

「……倶七帝？」

蒸槻の帝がそこにいた。私を抱える腕に力をこめ、笑みを作る。

長い黒髪と豪奢な冬の装束。茜色の羽織と白い襟巻きの対比が鮮やかだ。一見、渋楽の王である遠凪さんとよく似ている。その瞳の冷たささえ隠しておけば。

「まことあなたはしぶとい娘だ。いい加減、屈すればよいものを」

「倶七帝が、なんでここに……それに、どうしてこんなに強い神気をまとっているの」

違和感が強くなる。彼の腕を振り払いたいのに、身体がろくに動かない。腰が抜けたみたいにへなへなになってしまう。

「もしかして、九支さんの、天つ神の力を借りている？」

倶七帝は笑みを深めて言外に私の問いを肯定すると、星神たちに目を向けた。

「さあ、殺し合え。神世を再び生むがいい」

「──誰が、言いなりになるか!!」

我に返った星神が鬼神を駆り、倶七帝に剣を振り下ろす。神力をまとって輝く剣。

たとえ倶七帝が天つ神の力を借りているのだとしても、星神の攻撃を受けて無傷ではいられないはずだ。そう思ったのに。

きんっ、と見えない膜に剣が弾かれた。

「痴れ者め。ここは花神の羽衣に刻まれた古き歴……それに則り、天つ神の器たる九支が構築した場だ。大神の力が溢るる場で、異国の者が私を殺せると思うのか」

倶七帝が声を上げて笑う。

「そうだろう、知夏？　『ことじろ』は神世で誰にも殺されてはおらぬのだから」

身体が強張った。倶七帝の言う通りだ。ことじろは殺害されたのではなく自害した。

「神世の通りに殺し合う以外に、うつつに戻るすべはない」

倶七帝が勝ち誇ったように告げた瞬間、ふっと目の前に滸楽が——遠凪さんが素早く飛び込んできた。すぐさま姿を人の形に変え、左手で倶七帝の肩を掴む。

「清姫を放せ、下種め」

「と、遠凪さ——、手が!!」

天つ神の器となっている九支さんが再現した『神世』の中のため、ことじろを祖に持つ倶七帝には手出しができない。それを証明するように、彼の肩を掴む遠凪さんの手が酸でも浴びたかのように真っ赤になった。肌に水泡が浮かび始める。

「手が溶けてる！　離して遠凪さん！」

奇妙な倦怠感を堪えて身をよじると、倶七帝は煩わしげに私を片腕で制した。腹部をくびるかのような力に息が詰まり、抵抗できなくなる。

「けだものにまだ情をかけるのか」

倶七帝は一瞬だけ、怯えた目で遠凪さんを見遣った。それを隠すようにすぐさま冷酷な微笑を浮かべる。

「どうした。私の肩を掴むだけか？　そうだろう、それ以上の真似はできぬだろう」

遠凪さんの額に大粒の汗が噴き出している。ぼんやり理解した。さっき朝火さんが星神に対してろくに攻撃できなかったのも『神世』の中にいるせいだったんだ。

「離さねば、身が溶け落ちるぞ、けだもの」

「それが、なんだという？」

遠凪さんは、獣の瞳を彼に向けた。人とは異なるその双眸。恐れも迷いもない。

「抗わずして敗するくらいならば、我が身など朽ちても溶けてもかまわぬ」

「おまえ……」

「だがせめて、その顔は切り刻んでやる」

誇り高い滸楽の王は、悠然と微笑んだ。私は放心した。

この彼こそが花神の愛した月神の末裔だ。……でもかつての優しい月神とはまったく違う。あの神にここまでの強さと潔さはなかった。

遠凪さんは歴史に抗いながら、自分の道を進んでいる。その事実に衝撃を覚えた。

「――できるものか、『神世』で私に傷ひとつ与えることなど誰にも……」

「できます」

そう反論したのは遠凪さんじゃない。私はゆっくりと視線を巡らせた。

白雨さんに支えられながらこっちに近づく人——意識を取り戻した春日さんだった。

少しやつれてはいるけれど、眼差しの強さは以前と変わらない。

「九支様が構築した神懸かりの場。それを覆せるのは、私たち。まったき調和——日月の力」

「春日さん」

「陽女神と月神の子が、ここに揃っているのです。対抗できぬはずがない」

春日さんの視線がこっちに向けられた。彼女の視線に促され、腕を伸ばす。倶七帝の肩を押さえる遠凪さんの手に触れる。すると、皮膚の溶解がおさまった。

遠凪さんは軽く目を細めてふてぶてしく笑うと、ぐっと倶七帝の肩に爪を食い込ませた。

「……九支!!　なにをしている、早く、助けないか……っ!!」

ひゅん、と空気が鋭い音を立てた。

「——喚くな、倶七帝。おまえが気圧されてどうする」

声とともに、なにもない空間から突如九支さんが現れる。その手には、短めの刀が握られていた。既にその刃は赤く染まっていた。

「遠凪っ!!」

白雨さんの悲鳴で、私は状況を把握した。倶七帝の肩を摑んでいた遠凪さんの腕が、肘あたりから切断されている。

「遠凪さ……っ」

「まったく、おまえたちは身勝手なことばかり……。仕方がない。天原の神々よ、愚かな子たちを仕置きせよ」

再び九支さんは宙の中へ身を沈め、消え去った。その直後、どすん、と地面が揺れるほどの音が響く。どすん、どすん。まるで巨人の足音のようだった。

「あれは」

腕を押さえてふらつく遠凪さんを支えていた白雨さんが、茫然と山のほうを見遣った。

木々を薙ぎ倒して近づいてくる巨大な影。宝戟や斧、宝弓などの武器を手にした、極彩色の衣をまとう神将たち。武装したつかわしめを引き連れてこっちに接近する。

私は、あの軍を知っていた。陽女神の記憶が答えに導く。

「天原の闘神たちだ」

天つ神の軍。星神を封じたあと、異国の地を平らげた恐るべき神将たちだった。

「滅ぼさねば」

心を失った乾いた声が、耳に届いた。

憎悪に彩られた星神が、近づく神の軍を見つめていた。

——神々の戦いが始まった。

一頭の許楽が、神将の足に踏み潰される瞬間を目にした。

仲間を庇う余裕は、誰にもなかった。神軍を怒りのままに滅ぼそうとする星神や鬼神たちに、皆は結果的に救われていた。緋剣や許楽たちの力なんて、これっぽっちも届かない。本当に、ただ逃げるしかできない状態だった。

「よく見よ、知夏。これが太古の神々の力だ。おわかりになっただろうか。私が、今の人世にあなたのような煌らかな力など必要ないと言った意味が。人の世に、あってはならぬ力だ」

勝ちを確信したのか、倶七帝が嘲笑う。この混乱に乗じて、彼は私を攫った。『神世』の中にいる限り、私もまた単独では倶七帝の力に抗うことができない。九支さんの神力に護られている。以前対峙したとき、倶七帝を救い出したのもきっと九支さんだ。

倶七帝は一頭の獣を召喚した。羽を持つ馬形の獣。かつての花神が愛でていた、その獣。

「——椰真ちゃん」

ずっと姿を見せずにいた、私のマイ飛行機椰真ちゃんだ。

九支さんに捕まってしまったんだろう。シャーマンみたいな恰好じゃなく、本来の『耶麻』の姿に戻っている。椰真ちゃんは悲しげに私を見遣った。それだけだった。

倶七帝に急かされ、私は椰真ちゃんの背に乗せられた。彼も後ろに乗り、神々の乱戦なんて興味もないというようにさっさと山頂を目指す。

「どうして、ここまでするの」

「なにを疑問に思う？　すべてはあなたの我が儘のせいだ。初めに、あなたが大人しく私の手を取っていればこうも争いが長引くことはなかった。誰も死ななかったろう。都も穢れなかったろう。荒神も現れず、仲間が危機に晒されることもなかったろう」

椰真ちゃんの背からずり落ちそうになる私を片腕で乱暴に支えながら、彼は冷たく囁いた。

「まこと無駄な抗いであったな。犠牲を増やしただけで、結局はあなたは私のものとなる」

「神世のように？」

「そうとも。神世のように。我ら、日月の王ではないか」

「違う、倶七帝は月の王なんかじゃ……っ」

反論は許さないと示すためか、倶七帝がぐいっと私の腹部に回している腕に力をこめる。だめだ、彼に触れられていると、神力が一切使えない。抵抗する気力さえ奪われる。

星神や緋剣、滸楽たち。彼らをあの乱戦の中に置き去りにしてしまった。

助けたいのに、どうすればいいんだろう。なにをすれば倶七帝から離れられる？　ここは『神世』。天つ神の器である九支さんの神力で構築された強固な場。

どれほどあがいても私の力だけじゃ覆せない。龍神に神力を削られすぎた。

「もうあなたにできることはなにもない」

「――まだ、ある」

逃れられる方法が、ひとつある。それに気づいた。

「椰真ちゃん、お願い」

木々のあいだを駆けていた椰真ちゃんが、ふっと首を少し、こっちへと向けた。

「神世の通りに」

私を落として。

――椰真ちゃんは急にとまって嘶き、大きく前脚を上げた。倶七帝が落ちないように椰真ちゃんの毛並みを強く摑む。そのとき、私の腰に回していた腕が緩んだ。

私は精一杯身をねじった。狙い通り、身体が空中に放り出される。

「知夏!」

肩と腰を勢いよく地面にぶつけてしまう。痛みを堪え、跳ね起きる。倶七帝から離れたおかげで、気力がぐっと戻ってくる。

「なぜそうまで抗う!」

倶七帝は舌打ちし、自身も地面に足をつけようとした。すかさず椰真ちゃんが飛び跳ねる。彼を地面に下ろさないために。私が逃げるための、時間稼ぎをしてくれている。

「この、獣が!」

倶七帝は椰真ちゃんの背にしがみつきながら、腹立たしげに吐き捨てた。

——ありがとう、椰真ちゃん！

私は心の中でお礼を言い、懸命に走った。羽織っている冬の衣が邪魔で仕方ない。

「きれいな衣は、今いらない！」

走りながら数枚、脱ぎ捨てる。それだけでも随分呼吸が楽になった。足を大きく動かせるよう、裾も思い切って広げる。それから勢いをつけて走り出す。

帯に引っかかっていた隼鉄の欠片だけはなくさないように気をつけた。『神世』を再現したこの場所は草も木もグロテスクなくらい大きく、色が濃い。地面にみっしりと生えている野草は、まるで鋭利な分厚い紙のようだ。かき分けようと触れた途端、皮膚が切れてしまう。

「早く皆のもとに戻らなきゃ」

呟いたとき、野草にふくらはぎを切られ、転倒してしまった。

「痛い……っ」

呻きながら、立ち上がる。

背後で倶七帝の怒鳴り声が聞こえた。椰真ちゃんの背から下りたんだろうか。

深く息を吐いて痛みを逃がし、再び走り出す。

「衣、脱ぎ捨てるんじゃなかった」

少し後悔する。内衣さえ切り裂く刃のような野草。腕や太腿、頬。あっという間に、切り傷が増え、血が滲む。ここは人間の住む世界じゃない。

「帰りたいよ」

皆のところへ、帰りたい。

「知夏!!」

後ろから荒っぽく腕を掴まれ、その場に引き倒された。

「無駄なことを！　なぜわからない、抗えば抗うほど痛みが増えるのだと！」

呼吸を乱しながら倶七帝は怒鳴った。九支さんの神力に護られているためなんだろう、彼の身には傷がついていない。

私にしつこく反抗されたことが許せないらしい。瞳は激しい怒りで燃えていた。

「優しくしてやろうと甘い顔をすれば、つけあがる！」

彼は私の上に馬乗りになると、片手で首を絞めた。すぐに我に返ったように、力を緩める。

「あなたを最早殺めるつもりはない。——仲間を救いたいなら、私に従いなさい」

彼の瞳に、ねっとりとした色が浮かぶ。それは、いつかの瞳を思い出させた。

似てる。妖しい熱と憎悪。あの眼差し。頭の片隅に、潰れた蝶の残像がよぎる。

「倶七……」

彼は微笑み、私の言葉を封じるように——唇に噛み付いた。

なにが、起きているんだろう。

「可哀想に。玉のごとき肌が、血塗れだ」

笑い声。引き裂かれる衣の音、まさぐる指、獣のような息遣い。ぬめぬめとした舌が肌を這い……。

私は、罪を犯したの？

倶七帝に従わなかったから？　天つ神の定めた歴に抗ったから？　滸楽に情を持ったから？

天に向かって手を伸ばす。涙で滲み、よく見えない。

心が沈んでいく。あの地獄の時間の中。揺さぶられるだけの、痛みの中。

神世がまた呪いをかける。……ここで、なすがままになるのか。

――しっかり、私!!

嘆くな、戦え。過去の痛みに囚われず、弾き飛ばせ!!

こんなもの、犬に噛まれたと思えばなんてことない！

というか、噛み付かれたなら、噛み付き返してやる！　いい位置に、倶七帝の耳がある！

「!?」

思いっきり噛み付くと、倶七帝はぎょっと身を起こし、自分の耳を押さえた。ううっ、口の内にちょっぴり血の味が広がった。

「小娘め……っ」

表情を取り繕えなくなったらしい。彼は頰を歪めると、勢いをつけて私の頰を叩いた。髪を摑まれ、力一杯地面に頭を押し付けられる。

「手足を斬り落としてやろうか！　四肢がなくとも、私の子を孕めよう！」

　片手できつく胸を摑まれたときだった。

「その、薄汚い手を、離せ」

「――!?」

　神力の風が突然、倶七帝を襲った。私の上から彼の身が吹き飛ぶ。

　私は忙しなく瞬きをして、視線を動かした。血塗れの星神が立っていた。長い髪も乱れてもみくしゃの状態だ。決して美しい姿じゃないのに、目を奪われる。

　地面に転がった倶七帝が顔を上げ、愕然と星神を見つめる。

「わ、私に傷を与えれば、おまえも無事ではすまぬぞ！」

「すべて、滅ぼす」

　私はとっさに跳ね起きて星神の腕にしがみついた。

「だめ、この『神世』で殺したら、星神様と胡汀にも災いが降り掛かるよ」

　星神がふっと私を見つめた。そして顔を歪める。

「私のせいなのか？　おまえを慕ったせいで、こんなにも苦しみを与えてしまうはめに？」

「えっ？　違うよ、星神様は少しも悪くない」

　わたわたと自分の恰好を確かめる。星神と同じくらい、ひどい姿だ。

「私、いつもなぜか襤褸鳥率高いんだよね……なんでだろ。でも、胡汀が毛繕いしてくれるから、いいよね？」

笑いかけると、急に鼻の奥が熱くなり、涙が落ちてきた。まだなにかを考えちゃだめだ。もう少しだけ、あと一歩だけ、踏みとどまるためにも深く考えちゃだめだ。

だというのに色々な感情がこみ上げてくる。なんだか自分が台風の中に立っているみたいだった。身体がちぎれてばらばらに飛んでいきそうな。この身体から心を取り出してしまいたい。きれいな水でごしごしと洗いたかった。そうしたら、少しは呼吸が楽になるだろうか？

「私と来い。おまえを傷つけはしないから」

星神は怒った顔をしながらも、私を抱き上げた。表情とは反対に、驚くほど優しい手つきだった。すぐそばに待機していた蜘蛛形の鬼神の背に乗せられる。彼も後ろに飛び乗った。鬼神もずたぼろという有様だ。足が数本ちぎれていた。

ふと視線を巡らせる。倶七帝の姿が消えていた。相打ち覚悟で殺そうという意思を星神が見せたから、恐れ戦いてひとまず撤退したに違いない。逃げ足だけは速い人だ。

「星神様、どこへ？」

「滅ぼさねば」

彼は鬼神を、乱戦の続いている場所へと動かした。彼がこっちに来たために、緋剣や滸楽たちは追いつめられていた。胸が詰まる。十頭ほどいたはずの滸楽が、四頭にまで減っている。

遠凪さんは片腕を失った。全員が激しく疲労し、動くことさえつらそうだった。

「どうして護りたい人たちばかりが、いつもこんな目に」

——私が、大事と思ったせい？

さっきの星神のような考えが脳裏に浮かぶ。

悩みを振り切り、私は鬼神から下りた。緋剣たちに向かって斧を振り上げる神将の前に立ちはだかる。ほどけかけている帯に、隼鉄の欠片が引っかかっているのに気づいた。

それを握り締める。弓へと変わる鉄。急に目眩がした。神力が足りない。

「緋宮！」

白雨さんの声が聞こえた。今にも殺されそうなのに、私を見て安心したように、呼ぶ。

私は両足に力を入れ、涙でかすむ目を拭った。弓を引き絞って神将に狙いを定める。

「帰りなさい。去らないと、あなたを打ち抜く」

私の背丈よりも大きく、分厚い斧が目の前まで迫ってくる。真っ二つにされるだけじゃすまない。骨ごとぐちゃぐちゃに叩き潰されるだろう。

「彼らをこれ以上傷つけたら許さない。私、悲鳴を上げてやる。蒸槻の世どころか、この『神世』にも移ろう季節が生まれるくらいの凄い悲鳴を上げるんだから！」

地が揺れるほどの足音を立てて神将たちが続々と集まってきた。私を取り囲み、見下ろす。

正面にいた神将が、ずん、と斧を地面に置いた。丸太のように太い指を動かし、そうっと私の頰に触れる。傷つけようとする動きじゃなかった。私は戸惑いながら、弓を下ろした。

「もう傷つけないで。私も、皆も、とても痛いよ」

「──いつくし乙女、どけ!」

斜め上に突然、影が差した。ばさっと翼の音。剣を翻す星神の姿。

「待っ──」

丸太のような神将の指が、彼の剣に切断された。樹液に似た蜂蜜色の血が、指の切断面から噴き出した。神将が斧を取り、怒りを放って斧をぶんっと振るう。それを星神はかわすと、私の身体を乱暴に引き寄せた。

「星神様、やめ……っ」

「殺させるものか」

憎悪に輝く彼の瞳に、つかの間魅入ってしまう。

「慈悲なき天原の神々よ! 私の民を滅ぼすのみでは足りないのか、女神までも血塗れにせねば気がすまないのか!!」

彼は私の身を一度ぎゅっと抱き締めると、白雨さんのほうへと突き飛ばした。いきなりの動きに、抵抗できなかった。白雨さんが慌てて私を抱き止めてくれる。

彼の全身から深い怒りが立ち上っていた。

「それでなにが護られる。罪なき花を血塗れにして、いったいなにが護られるという!」

「星神様」

「許すものか、私が、私の民が血を流した分、神々も血の涙を流せ!!　この地の川をすべて赤く染めてやろう。木々の葉も土も空も、赤く赤く染め抜いてみせるわ!!」

星神は呪いの言葉とともに、剣を大地に突き刺した。

その瞬間、地面に無数の亀裂が走り、強風が巻き起こった。刃の威力を持つ風。それが神将たちにいくつもの裂傷を与えた。地響きのような断末魔の叫びが響き渡った。鼓膜を激しく震わせるその声に、私は目を閉ざし、耳を塞いだ。

「――私の術を破るとは」

驚嘆の響きがこめられた声に、私は、はっと瞼を開けた。

気がつけば、『神世』は消滅し、『ひの間』に戻っていた。大きな神将も奥深い山々もすべて幻だったように。でも、私たちは確かにその中にいた。皆、血塗れのままで、胡汀も星神に意識を奪われたままで……。いつの間にか、目尻に刺青が戻っている。

視線を巡らせると、春日さんが囚われていた蠟の樹幹の前に、九支さんが立っていた。その周りに、力をつけた地の神々たちが従っている。春日さんから力を奪い取り、きらきらしくなった神々。そして、しょんぼりとしたシャーマン姿の椰真ちゃんもいる。

「まこと信じられぬ。歴を再現させずに、よくも術を……」

九支さんは私たちを見回し、首を傾げた。

「だが、ここまでだな。神々よ、あの者どもを捕らえよ」

地の神々が舌なめずりしながら私たちを見遣る。

「天つ神、どこまでも奪い続けるのか」

星神が、耐えきれないように笑い声を上げた。

「私が荒神と化せば、蒸槻の地を穢せようか。いや、私だけでは足りぬだろう、その月神の子も、手手直毘神の子も、ことじろの子もすべて、荒神に変えてやる。怨念よ、花開くがいい、蒸槻に平穏など一時たりとも与えない……」

星神はそう言うと、剣を自分の首に当てた。自害をするつもりだ。

いつかの架々裏さんの姿が脳裏をよぎる。自分の身を異形に落とし、怨みをもって蒸槻を滅ぼそうとした。神世からの犠牲を思えば狂わぬほうがおかしいと。その憎しみを否定することはできない。私も抱えている感情だ。それでも、負けてほしくない。

「星神様！」

私の声に、彼はぴくりと動いた。

「——花神の子よ、おまえだけは穢さない」

だめだ、だめ。手を伸ばして剣を奪おうとするも、触れる直前で、見えない膜に弾かれた。彼が神力で阻んでいる。

「胡汀を殺さないで!!　私の、好きな飼い主なの！」

私の叫びを聞いても、彼は腕を下ろさなかった。一瞬悲しげな顔を見せ、すぐさまその感情を振り払う。そしてもう、私を見ない。九支さんだけを憎悪に塗れた目で貫く。

絶望が胸を満たした。怨みが強すぎる。彼は、花神への恋心から悲劇が始まったと思っている。なら、彼を宥められるのは、長い年月を愛し続けた花神本人しか。

けれど私は所詮、花神の血筋の娘というだけだ。親しみだけではもう心に届かない。

「お願い、やめて――花神、星神様を止めて!!」

彼に向かって伸ばした手を、横から誰かに掴まれた。

春日さんだった。私たちは一瞬視線を絡ませた。白い手を握り返す。そのとき――。

「!?」

九支さんの後ろに立つ蠟の樹幹に穴が開いた。真っ暗な、奥を一切見通せない暗い穴。

「これは――！」

なにかが、そこからどぷんと流れてくる。椰真ちゃんが九支さんを抱き上げ、ふよふよと空中に浮かんで避難した。地の神々が慌てふためき、飛んだり跳ねたりした。

『ひの間』をあっという間に覆い尽くす黒いへどろ。その中から、不気味なモノが顔を出す。

あれは黄泉の亡者たち。それに。

「――乙女、黄泉から這い出てくるとは！　いや、おまえたちが喚んだのか」

九支さんが目を見開き、私と春日さんを交互に睨んだ。

へどろの中から立ち上がる、一際醜い女がいた。

花神。天の華と言われたはずの、私たちの祖。

どぷっと溢れるへどろから、次々とミイラのような腐り果てた亡者が出現する。

『おまえたちばかり』

『神となるなど、認めぬ』

『戻れ』

『黄泉に戻れ』

亡者が呪わしい声を上げ、地の神々にすがりつく。そして真っ暗な穴へと引っ張っていく。

『――星神、荒ぶるな』

花神が囁いた。どろで濡れた長い髪の隙間から、星神を見ている。

『私の子たちを泣かせないでおくれ』

放心していた星神が、ぎこちなく振り向き、私たちを見つめる。

『償うべきはこの子たちではない。私の愚かさが災いの発端となった。せめてあなたの民を護ろうと思うたが、長い月日をさまよわせることに』

「私の民……？」

星神が怒りを全身から削ぎ落とし、覚束なげな動作で花神に近づこうとした。私は少しだけ胸がちくりとした。

「なにをしている、地の神々！　亡者どもを薙ぎ払え！」

二人のやりとりを遮るように、九支さんがらしくなく怒声を放つ。

「歴を繰り返したくはないのなら、せめてその者たちの力を食らえ!!」

亡者の拘束から逃れた地の神々が、こっちへと駆けてくる。緋剣たちや遠凪さん、洲沙が、私と春日さんを護るように前に立つ。私も、握ったままだった弓を構えた。

「あっ」

その矢を放つ前に、ふわりと宙に、美麗な衣が翻った。次々と空中から現れ、天人のように優雅に舞い降りる。

「この者たちは……」

白雨さんが剣を下ろし、茫然と呟いた。他の者たちも、地の神々でさえも戦意を失い、美しい彼らをぼうっと見つめる。

『――願いは、届いた』

『祈りは届いた』

『子らの声が、我らの胸に』

彼らが囁く。

かつて愛した月神。

精悍な龍神。

寡黙なことじろ。

雄々しい手手直毘神。

たおやかな久久理波須比売。

古の神々の霊だった。

『天つ神、彼らの世は、彼らに返そう』

『わたしたちの子を、苦しめずに』

『神の歴は、人の歴へと』

波須比売が微笑みながら私に二枚の羽衣を渡した。一枚は玉虫色の鳥に変化していた、花神の。もう一枚は、新たな虹色の。

「おまえたち」

九支さんは瞳を鋭くして椰真ちゃんの腕を払いのけると、へどろに汚れた板敷に降り立った。すがりつこうとする亡者を容赦なく神力で弾き飛ばし、私たちを見据える。

「この蒸槻から神性をなくすというのか。では誰が護る。荒くれた異民族、穢れをまとう禍つ神、悪しき獣……。豊かな蒸槻を狙う者たちから神々が護ってきた。なのにおまえたちは。

『人』の血が濃くなるにつれ、神々をないがしろにする」

私は二枚の羽衣を握り締めた。神々が勇気づけるように笑う。鼓動が速くなる。

——奇跡を始めよう。

皆が傷だらけになって引き寄せた奇跡だ。

「わかってる、蒸槻は神々がとても近い地だって。追い払いたいわけじゃない。でも、蒸槻の守護は、もう犠牲と怨みを糧にしちゃいけない。穢主が増えるだけだ。その瘴気が人を惑わせて、悪いものを呼び寄せる。悪循環にしかならない！」

「神を遠ざけるとでも言うか。敬いを忘れた地から神々が去ればどうなるか。隅々まで野蛮な者に悔い尽くされ、焦土と化すだろう。犠牲を払わずして、なにを護れる。笑いながら、なにを護れる！」

「敬う心からじゃなく、恐れる心から始まったものは、きっといつか壊れる」

九支さんの言葉は、ある意味正しいとわかっている。一人が幸せになれば周りの人たちも幸せになる——そんな優しい言葉が真実なら、世の中に争いなんて一切起きるはずがない。なにかを犠牲にして、血が流れるほどの苦しみを堪えて、初めてその先にある幸せを実感できる。

私は、蒸槻に来てそういうことをやっと理解した。

「それでも、まやかしでも、怨みより幸せを増やしたい。蒸槻に染み込んでいる怨念の中に、いつまでもとどまっていたくない」

私は九支さんに手を差し出した。

「人を、信じて」

怨みや恐れを取り払って向き合うと、冷酷だとばかり思って恐れていた天つ神の意志がようやく見えてくる。鋼のような信念で、蒸槻という地を抱き締め続けてきた大神だ。

「神々だけが護るんじゃなく、人にも護らせて」

「絶えず移ろう人に、長き世を護れるのか。不死たる者の力が蒸槻をこれほど栄えさせた。それがなぜわからぬ」

苛立ちを押し込めた九支さんの声に、迷いはない。

「ねえ天つ神。私、ずっと不思議に思っていたことがあるんだよ」

九支さんは訝しげな顔をした。私が普通の調子で話しかけたせいだろう。

「どうして年々、陽女神の末裔たちの力が薄れていくんだろう」

「それは人が神を見ようとせぬからに決まっている」

「どうして緋剣たちは、こんなに自由奔放で曲者揃いなんだろう?」

「……なに?」

緋剣たちの視線も、背中に突き刺さった。「なんで今、そんな個人的感想を!?」とぎょっとしている感じだ。

「緋剣は、緋宮だけを選び続けるはずだよね？　だけど朝火さんは『緋宮』の……私の望みを知りながら、自分の意思をどうしても捨てきれないでいる」

朝火さんが、ぐ、と息を詰めた。や、責められたと思っているみたいだけれど、違うよ。

「白雨さんも、緋宮より、自分が大事と思うものを選んだ」

ああっ、なんかすごくへこませた気配。

「胡汀も、割と勝手に動く。未不嶺さんも、迷い続けている」

わ、私、次々と爆弾をまき散らしている気がするけれど、本当に責める意味でこんなことを言っているわけじゃない！

「伊織も、緋宮のためというより、『私に恩返しする！』っていう雰囲気のほうが強かった。

……佐基さんも、使命よりも自分の心の声に従って動いた」

「……自身の緋剣どもが不完全と言いたいのか？」

九支さんにまで誤解されてる！　古の神々も、申し訳なさそうな顔はやめてっ。

「そうじゃないよ。なぜだろうと疑問に思ったの。それで、気づいた。望む方向へと、はばたこうとしているのかもって。自分の意志で道を選び、大事なものを護りたいんじゃないかな」

「――」

「そういう時代に変わってきているんだ。たとえこの蒸槻に私が来なかったとしても、いつか人々は力尽くで狭い歴から飛び出したんじゃないかな」

「結局、それか。この地を引っ掻き回して歴を覆し、争乱を招くのか」

「まれびとの私ってなんだったんだろうって悩んでいたんだよ。普通に考えて、蒸槻の事情を一切知らない娘が末裔の血をひくからって理由で、いきなり緋宮に祭り上げられるのは奇妙でしょう。天つ神が考える通り、蒸槻を引っ掻き回すだけだ。それでも、喚ばれた。だったら私の役割は本当にぐるぐると、自由きままにこの地を『掻き回す』ことだったんだ」

「なにを身勝手な」

「身勝手じゃないよ、天つ神。これって『国産み』だよ。動かして動かして、人を歩かせる。歴史を未来へ歩かせる。このあめつちは、それを望んだ。私はその布石なんだ」

「蒸槻を滅びへ歩かせるのか！」

「侮らないで」

嘲笑する九支さんに、私は声を張り上げた。

「歴史はそんなに、甘くない」

「なんと？」

「歴史はそんなに軽くない」

決して倒れない大樹だ。誰かが枝を折ったくらいじゃ揺るがない。また新しい枝が伸びるだろう。

「私が掻き混ぜた程度で歴史が消滅するはずがない。せいぜい、こんな時代もあったよ、って書き加えられるだけだ」

次の未来へ向かうための小さな布石。それが、今ここで生きている私たちだ。

「迷いながらも、間違いながらも、失敗を重ねながらも進んできた。無駄な日々なんてなかった」

すべての想いが繋がって、この瞬間へと導いてくれた。

「私たちはどんな瞬間も、ずっとずっと未来を作ってきたんだ。過去っていう宝物を胸にしまいながら、今を夢中で生きている」

これからもそうする。きっとそうなる。

「人を信じて。私たちに、未来を託して」

九支さんは髪を散らすように首を振った。

「人は争いをやめぬ。欲の波に、すぐさま沈む」

「争いが起きて、国が乱れるときがあるとしても、きっと滅びない。だって私が新しい歴史の、最初の布石になるんだよ。私は負け知らずで、途中でへこたれても、最後には勝ちを摑み取る女なの。こう見えて——無敗の賭博女王と崇められているんだから！」

……月神様だけがうっとりと私を見てくれたんですが！

「——おまえはなんて、花神に似ているんだろう……」

九支さんは低く告げた。

「亡者どもよ、よく見ろ。花神の末裔がそこにいる。おまえたちも地の神々を羨むならば、女神を食らえ。のし上がりたいのなら、その神力を奪い取れ」

古の神々の登場に怯えていた亡者たちが、九支さんの言葉に操られたように近づいてきた。

「花神は絶えずおのれの命運を呪うだけであったな。ひたすら愛され、男を虜とするだけの定めなのかと。なにもわかっておらぬ。なぜ私が神々に男女の性を与えたか」

古の神々が、静かな目を九支さんに向ける。

「交わりこそが根源なのだ。まさに、その娘が口にした『国産み』だ。だからこそ交合には悦びが伴う。その証しとして、たとえ本意ではないとしても、ことじろとの交わりで流れた血と精は、この蒸槻に大いなる実りをもたらしたではないか。必要なのは貞潔ではない。花神に定められた無垢な淫らさこそが、地に豊かさをもたらす。なにより重要なその定めを、本質を、少しも知ろうとせず嘆き、浅はかな真似ばかり……」

「違うよ、知らないのは天つ神のほうだ。想うことがまず先なんだよ」

「馬鹿げたことを」

「天つ神自身が証明したんだよ。なぜ花神に、想像していた以上の強い力が宿ったか。そんなの、天つ神がそれくらい花神を、神々を、愛おしんできたからに決まってる！」

九支さんは一瞬、言葉に詰まった。

「あなたが愛してくれたから、神々は力をつけた。花神が龍の子を愛したから、蒸槻は実りを得た。皆それを知っているのに、天つ神だけがわかってない！」

「――早う食らえ、亡者ども！」

どうしても天つ神の意志は変わらないんだろうか。

「ここにいるのは天つ神の子たちだよ！　苦痛の交わりを繰り返して、未来をいつまでも底のない怨みの中に沈めるのは、嫌！」

九支さんは返事をせず、私たちを冷たく見遣ると、困ったようにふよふよと漂っていた椰真ちゃんを引き寄せた。

「矛を！」

椰真ちゃんの腹部に手を当て、そこからずるっと矛を取り出す。

「椰真ちゃん！」

シャーマンめいていた椰真ちゃんの姿が一気に萎びてしまった。最初の頃のような、骸骨めいた姿になる。

「古の御霊よ、おまえたちもこのいつくしき蒸槻に沈め」

私たちに近づく亡者をほよほよと払ってくれていた古の神々の霊が、顔を見合わせた。あぁっ、月神様、動揺しすぎだよ、相変わらずへたれだ！

緋剣たちが慌ただしく私に手を伸ばす。

「緋宮、こちらへ来なさい」

「……本当に、護るから」

「私も最早、揺れない」

うん、さっき私が自由奔放とか色々言ったから、すっごい気にしているみたいだ。

星神が複雑そうな顔で私たちを見た。胸が痛む。まだ胡汀の意識よりも、星神が強い。

「仕切り直さねば。今一度、蒸槻を無にし、平らかに」

九支さんは矛をこっちに向けた。

そのとき、へどろ塗れの花神が、私たちを庇うように前に立った。

「――おまえは永久に黄泉におれ」

九支さんが矛を振り、神力で大気を揺るがそうとした瞬間。

「おやめ、天つ神」

波動のような神力が、花神の手前でぴたりととまった。

雲を割る陽光のように、きらきらとした金の輝きがそこに下りてくる。

それはやがて人の姿へと変わった。見知らぬ少年だった。ちょっと毛先がはねているふんわりした髪は茶色。もっふりした襟巻き。腰に小さな水袋と鞄を括り付けている。着ている衣は華やかさとは無縁の、素朴なものだ。行商人っぽい。

「オグニ!!」

九支さんが唖然とし、それから厳しい目で少年を見据えた。

オグニ。私は皆の隙間から顔を覗かせた。どこかで聞いた覚えがある。

「あっ、のさらの地だ！」

胡汀から聞いたんだった。霞の神だ。あらゆる神の中で最も無力。

だから誰であろうと、手出しができない——ある意味、最弱にして最強の神じゃないだろうか。持たざる者が一番強い、みたいな。

「もうおやめ。意固地にならずに」

オグニ様は優しい声で呼びかけた。

「去れ、オグニ。おまえには関わりのないことだ」

「花神を解放してあげなさい。津杙の地で、ずっと泣いていた女神だよ。地を怨み、天を呪い……それ以上に、すべてを恋しがっていた」

九支さんは焦れたようにもう一度矛を振るって神力の波動を生み出した。けれどやっぱり、それはこっちに届く前にぴたりと止まり、掻き消える。

天つ神の力さえ、この細い少年神の前では形無しのようだった。

「花神の根底にある想いを知らないだろう？　ずっと恋をしていた、届かぬ天に、無慈悲な地に。大いなるこのあめつち。それを、生きとし生けるものが知っている。だから、今、護るのだよ。わたしも、古の御霊も、愛すべき女神の地に住むこの子たちを」

くすりと笑い、オグニ様が振り向く。目が合った。胸に染み入るような、あたたかな笑み。

「愛しいねえ、人って」

嬉しそうに彼はもっと、顔を綻ばせた。

「身勝手で、か弱くて、騒々しい、ひとびと。ちっともわたしたち神の思い通りにはなってくれない。すぐに怠けるし、悪さをする。だから時々、荒神となって脅さねば、敬うことも忘れてしまう。あぁ、憎たらしい。手間がかかる、そのくせすぐ死んでしまう。そうだろう、天つ神。そういう面倒な子たちこそ、愛しいものだよねえ」

オグニ様は笑いをたたえたまま、叱るように私たちを見回す。

「見てごらん、天つ神。わたしたちの言うことを少しも聞かないから、この子たちはいつだってこんなに泥塗れになるんだよ」

私たちは、じろじろと互いを見た。確かに、花神もだけれど、私たち全員、血塗れで泥塗れだ。……平等に、汚い！

オグニ様は、へどろの花神にそっと触れた。すると、へどろがほろほろと剥がれていく。

「あ……」

ふわりと、花びらのように衣が翻った。天の華と呼ばれた女神。

彼女が振り向いた。淡い光に包まれているせいで、顔立ちは、はっきりしなかった。

「女神」

星神がふらりと近づく。女神の指が、彼の頰に触れた。償うように、宥めるように。

そこで春日さんが突然、きゅっと私の手を握る指に力をこめて叫んだ。

「これからの世を、私たちの手に!!」

「春日さん」

「私たちは蒸槻を愛おしむ！　どうか、美しく移りゆくこの地を私たちに!!」

緋剣たちが彼女を見つめ、剣を板敷に突き立てた。彼らも言う。

「我らに、世を！」

洲沙と滸楽たちが、遠凪さんを支えながら尾を振る。

私たちを見て、古の神々は笑みを咲かせ、華やかにひらりと袖を振った。

『人よ、よし』

答えて、笑い声を上げ、九支さんのほうへとふよふよ飛んでいく。彼らがこっちを見た。オグニ様のように皆、ぬくもりを感じさせる柔らかな顔で、微笑んでいた。

「おまえたち……、おまえたちは!!」

神々に囲まれた九支さんが腹立たしげに叫ぶ。椰真ちゃんがひょいと九支さんの手から矛を取り上げ、こっちに放った。慌てて私は腕を伸ばした。摑んだ瞬間、弓に変わる。

「この――馬鹿者どもめ!!　私の手から勝手に飛び立つとは！」

うん、飛んじゃう。

「私たち、飛び跳ねたい年頃なんだもの」

ぷ、とオグニ様が噴き出した。

私は弓を構えた。狙いを定め、神力の矢を放つ。

「天つ神!!――大っ嫌いだけど、いつかまた!」

「馬鹿娘が!!」

光の矢が、九支さんの胸に吸い込まれた。

そこから一気に膨大な、凄まじい黄金の光が広がった。目が潰れそうな光。

私は慌てて顔を覆った。指の隙間から古の御霊たちが、誰かの霊を一生懸命に宥めつつ天へと引っ張っているのが見えた。きっと天つ神だろう。私は微笑んだ。頑固な親みたいだ。

光が瞼の裏にまで染み込んでいく。

「――知夏」

私を呼ぶ椰真ちゃんの声が聞こえた。

「くき。椰真は天つ神とともに行く」

椰真ちゃん。

「知夏。天原で、待っておる。いつか。くけけ」

圧倒的な、光。

瞼を開いた瞬間、こっちの顔を覗き込んでいる誰かと至近距離で目が合った。

その誰か……素朴な恰好の少年は、安心したように表情を和らげた。両手には、私の矛が握られている。

「あ、よかった、目が覚めた」

嬉しそうな声を聞き、私はぼうっと考えた。

この少年は、ええと、誰だっけ？　どうして私の矛を握っているんだろう。確か弓に変わっていたはずだけど、いつの間にかもとに戻っている——って問題はそこじゃない！

記憶が一気に蘇った。

私はばねのように勢いよく飛び起きた。矛を抱える少年が慌てて避ける。

「うん、大丈夫そうだね。ただ神気のほうが……」

「おっ、オグニ様!?　どうなってるの!?　皆は無事——ちょ、私、取り囲まれてる！」

なぜか皆が円陣を作るようにして私の周囲に座り込んでいる。

「ええっ、私の目覚めが最後ー!?」

「うるさい、叫ぶな阿呆鳥め」

胡汀が意地悪そうに笑いながらも、ぽすっと私の頭に手を乗せた。

「あああっ、胡汀、目が藍色に戻ってる⁉　わぁでも髪の毛が長いままだ！　っていうか星神様はどこいったー！」

「馬鹿。騒ぐと羽を毟るぞ」

「ごっ、ごめんなさ……皆⁉　胡汀をいじめないで！　そこの滸楽、齧ろうとしない！」

全員が胡汀を睨んだり、髪をひっぱったりしている。な、なんだこの連係プレイ。

どうも黒い川から蘇って以来、滸楽を含めた皆が妙に親切にしてくれる。まあ、胡汀は相変わらず鳥扱いするけれど！

「緋剣たちは仲がいいねえ」

オグニ様はにこにこと皆を見回した。あ、この気弱そうなまったりした態度、かなり好きだ……って、つられてのんびりしている場合じゃなーい！

私は慌てふためきつつ周囲を見回した。

「ここ、ひの間……じゃなくて、なんで神殿の外⁉　ひ、ひどい、私を地面に転がして放置していたの⁉」

「違うよ、護女。君が放った矢が天つ神たちを天原へ送ったのだけれど、その余波が凄まじくてね、全員、吹き飛んだ」

「はい？　吹き飛んだ？」

温和な笑みのオグニ様から、視線を動かす。

「あれ、もしかしてそこにある全壊の建物は……大神殿、とか」

私を取り囲む人々の中には、神殿前にいたはずの祇官や剣士たちもいる。プチサイズに戻っているみずの様やぬまごえ様、兎神一族も。皆、無事だったんだ！

「それで、ばらばらに散らばって気絶していたわたしたちを、彼らがここに拾い集めてくれた」

オグニ様は楽しそうに説明し、剣士たちを指差した。おおぅ、想像すると、かなり異様な光景の気がする……。

「あっ、九支さんは！」

「九支？　天つ神の器のことだね？　あの子は最初に目が覚めて、神女たちを連れてどこかへ行ったよ」

「え!?　どこかにって、まさか危険な場所に？」

緋剣たちが全員、微妙な顔をして溜息をついた。口を開いたのは朝火さんだ。

「貴人どものところへ行くと。帰鼓廷の修繕にかかる諸々を、回絽廷に払わせるとか」

「た、逞しい！　って問題はそこじゃなくて、矢で貫いたから、身体に傷がついたり、霊になにか後遺症が出たりしていなかった？」

朝火さんは指先を眉間で揉み、さらになんともいえぬ表情を浮かべた。

「どこも負傷してはいませんでしたよ。しかし、天つ神の影響を強く受けていたことはぼんやりとわかっていたそうです。今は、自身を取り戻して、以前よりも図々しくなっているから心配ないでしょう」

どこに突っ込んでいいのかわからーん！

九支さんとは一度しっかりと話をする必要がある。でもその前に、ちょっと頭を整理する時間がほしい。私は深く息を吐き、改めて全員を見回した。

人の姿に戻っている遠凪さんと目が合った。彼はすぐに、つんと顔を背けた。片腕は失われたままだ。手当ては既にすんでいた。彼に寄り添っている洲沙が微笑みかけてくる。

光の波動に吹き飛ばされてから、たぶんそんなに時間が経過していないんだろう。空には太陽があるみたいだけれど、なぜか全体的に薄く煙って見える。

「帰鼓廷にまで瘴気が広がり始めている？　荒神を鎮めたのにどうして？」

「立てる、護女？」

「あっ、は、はい」

「もう少しだけ頑張れる？　都の瘴気を祓わねばならないよ」

オグニ様は宙を仰ぐと、困ったように微笑んだ。

「香気根呪法の核が壊れたから、古の神々の御霊も解放された。その反動で陽都の結界も完全に崩壊してしまったよ。大半の地の神々も逃げてしまったようだね。でも陽都は依然として穢れたままだよ」

あっと思った。そうか……そうだよね。結界を立て直さないと。今度は怨念を糧とした呪法を用いずに。霊的な力自体は、否定するつもりはない。

「都の瘴気を祓ってきます！」

「ま、待って護女！　その御姿では、だめだよ！」

「え？」

立ち上がりかけの中途半端な体勢で振り向くと、オグニ様は、かあっと頬を赤くし、視線を泳がせた。なんだろうこの神様、外見からして普通っぽいので、かなり親近感があるっていうか、本気で癒やされるんですが。

「その……衣」

「衣？」

自分の姿を見下ろし、顔が引きつりそうになった。

「ぼ、襤褸鳥……」

これはやばい恰好だ。気絶中はオグニ様が自分の冬衣を脱ぎ、被せてくれたみたい。起き上がったときにそれが落ちてしまったんだろう。内衣の襟はズレまくっているし、帯は外れかけているし、走り回ったこともあって裾は乱れ、太腿も丸出しだ。おまけに『神世』で、野草に袖も裾も裂かれてしまった。さ、寒い！　今って冬だったっけ。

「あっ、でも切り傷がきれいに治ってる」

もしかして神々が天原に帰還した際の光が原因？　残念ながら、龍神に削られた神力は戻らないようだ。ほぼゼロに近いのがわかる。この状態で陽都を祓えるか、不安が募る。

「護女、お願いだから、肌を隠して」

オグニ様はとうとう手で顔を覆い、か弱く懇願してきた。

純情ぶりにつられたのか、周囲の人々までもおろおろとし始める。

そうはいっても汚れているのは皆同じ。衣を貸すに貸せないという状況らしい。

まあ、はだけっぷりが一番強烈なのが私なんだけど。とりあえずこの、しっかりと握っていた二枚の羽衣を肩にかけておこう。って、透けていてあまり意味がない！

「……ひとまず皆、近くの宮で着替えをすべきでしょう」

厳かに告げたのは、春日さんだった。こくこくと全員が素直に頷いた。彼女と目が合った。

思わず腕を伸ばす。彼女も無意識のように私の手を握った。

愛らしい顔立ちだ。それでいて強さがある。やっぱり女王のようだと思う。

「知夏様」

「うん」

互いにそれ以上言葉が出てこない。お見合い状態で凍り付いていると、焦れたらしいオグニ様たちに急かされ、あれよあれよという間に崩壊を免れた宮に連れていかれた。

私と春日さんは緋宮ズということで、同じ部屋に押し込まれる。

白雨さんが「衣を用意してくる」と慌ただしく去ってから、数分経過。他の人たちも別室で着替えをしているらしい。

「……」

「……」

私たちはなぜか、円座の上に並んで正座していた。沈黙がなかなかにつらい。

「……あの、春日さん、身体は大丈夫？」

恐る恐る呼びかけると、人形みたいに身じろぎせず俯いていた彼女がこっちに目を向けた。私と同じように、長い髪を肩に垂らしている。

「知夏様は」

「私は平気」

「そう」

会話が続かない！

どうすればいいものやら。私は密かに悩んだ。時間のあるうちに対策を練っておかなきゃならない問題が山積みなのに、心が飽和状態でどこかふわふわしている。

夢うつつと表現するのは大げさだけれど、嵐のように様々な出来事が起きたせいか、冷静さを取り戻せないでいるようだ。いや、今はまだこれでいい。動き回るために必要なのは、勢いと力だ。冷静になったら、いけない。きっとくずおれてしまう。

暗い場所に落ちていきそうな心にどきっとしたときだ。

「知夏様、それは？」

「……それ？」

「肩と、頭の」

「ああ、みずの様とぬまごえ様！　こっちのプチ土偶はいつの間にか増えていたんだよね」

私の頭と肩にはプチサイズの神様方が乗っている。うとうと中だ。このプチ土偶は、私の勘だとたぶん、土老人だと思う。ミニ神が増えていくなあ。

そっと神々を手に取り、不思議そうにしている春日さんの膝へ移動させる。

「沼の神様と、水の柱神と、推定土老人だよ。久しぶりにたくさん働いて疲れたみたい。女神のそばで休む！　って言ってついてきたの」

春日さんは困ったように、小さな神々を見下ろした。

「知夏様は、この神々と契りを結ばれたのですか？」

契り？　と首を傾げたあとで、おののいた。『ひの間』での交わりのようなことがあったのか、って意味の質問だ。

「と、とんでもない！　強いて言うなら飲み仲間だよ」

「飲み仲間？」

「ええと、帰鼓廷にいた頃、真夜中に神女や剣士たちを招いてこっそり宴を開いていたんだ。

名目上は親睦会。私はまれびとだから、蒸槻についてなにも知らない。早く馴染むためにも、皆と関わる機会を多く持つ必要があったんだよ。でも一番の目的は、皆から本音を聞き出して今の蒸槻の状態を詳しく知ること。緋宮って帰鼓廷の外へは、あまり出歩けないでしょう？」

「……普通は出歩こうと考えぬものでは」

「ま、まあ、それはともかく！　神々まで招いていたのが緋剣たちにバレて、かなり怒られたけれど。緋宮専用の通門も作ったんだよね！」

春日さんは呆気に取られた顔をした。

「……知夏様は、神々と、友のように親しくていらっしゃる」

「いやあ、むしろこきつかわれて……や、なんでもない。それより春日さん」

身体は本当に大丈夫なんだろうか。『ひの間』で囚われていたあいだに、神々に力を奪われる以上のひどい真似をされていないだろうか。

——倶七帝が、私を力尽くで押さえつけたように。

脳裏に、潰れた蝶が浮かび、ぞくっとした。

うまく言えないけれど、この春日さんがそういう目に遭うのは嫌だと思った。私は劣等感を抱いたことがある。同時に、彼女の自信が目映くもあった。それに、彼女もまた、先代の私に対抗心を持っていたのを知っている。私が架々裏さんにそういう思いを感じたように。だから、春日さんが切なかった。

「誰かに、苦しい思いをさせられた？　痛いところはない？」

彼女はじっと私を見たあと、小さく首を横に振った。それきり黙り込んでしまう。

私は手持ち無沙汰な感じになり、きょろきょろした。

「白雨さん、遅いね」

「……」

「ちょっと様子を見てくる」

慌ただしく立ち上がり、入り口に駆け寄る。春日さんの視線を背中に感じた。そっちに意識を取られていたから、入り口の扉が開いたことに気づくのが少し遅れた。

「あ、白雨さ……、胡汀？」

白雨さんじゃなかった。胡汀だった。

「どうしたの？」

「おまえたち、身に異変はないか？」

胡汀の様子がやけに慌ただしい。なにかあったんだろうか。

「大気が乱れ始めている。これはおそらく――」

説明の途中で胡汀は口を閉ざし、通路に顔を向けた。衣を抱えた神女たちが足早に近づいてくるのがわかった。白雨さんはどうしたんだろう。他の人たちのもとに行っているのかな。

「お召し物をご用意致しました」

　胡汀が躊躇いがちに場所を譲った。室内へ入る神女たち。ふと、最後の神女の雰囲気に引っかかった。彼女も私の視線に気づいたように、ゆっくりと顔を上げた。

「さ——」

　咲耶さん。

　彼女の手から落ちる衣。その下に隠すようにして、握り締めていた小刀。

　私を刺すために、潜り込んできたんだと思った。

　でも、違った。彼女の瞳が捉えたのは、春日さんだった。どうして。

「まがいもののせいで!!」

　まがいもの——。

「待っ……」

　駆け出そうとする咲耶さんの腕を私はとっさに掴んだ。

　彼女が乱暴に振り払う。通路のほうに移動していた胡汀がすぐさま反応し、彼女を取り押さえようとした。咲耶さんは死に物狂いだった。胡汀は私を庇おうともしていたために、動きが遅れた。入り口前の通路が狭かったことも災いした。

　一瞬の出来事に思えた。

　咲耶さんの握っていた小刀が、胡汀の脇腹を掠める。

　私は悲鳴を上げそうになった。そのときだ。

「あ」

　空気を裂く音。咲耶さんの腹部から、銀色の剣が突き出た。隼鉄の剣。

　通路の奥から、その剣を投げた者がいる。

　白雨さんだ。

「緋宮、無事か⁉」

　白雨さんは息をきらしながら駆け寄ってきた。

「緋宮！　怪我は！」

「あ……、私じゃなくて、こ、胡汀が、刺されて」

「――掠っただけだ。白雨、ここはまかせていいな？」

　胡汀は平淡な声で答えた。私の視線を遮るようにさっと室内へ入る。青ざめた顔で立ち尽くしている春日さんに顔を向けると、私と白雨さん、咲耶さんを通路に残したまま有無を言わさず後ろ手で部屋の扉を閉めた。

　春日さんの精神状態を案じたんだろう。明らかに咲耶さんは彼女を狙っていたから。

　私はまだ、意識が現実に追いつかない状態だった。

　咲耶さんがよろめき、倒れ掛かるようにして壁にもたれた。そのままずるずると座り込む。けほ、と小さく咳き込んだ。赤い唾液が唇から漏れた。それを見て、ようやく我に返った。

「咲耶さん！」

「……まがいものの、せいで」

さっきも咲耶さんはそう言った。まがいもの。どういう意味だろう。いや、それよりも！

――どうやって、手当てをしたらいいの。

隼鉄の剣が、咲耶さんの腹部に突き刺さっている。引き抜いたら一気に血が溢れるだろう。いつもなら、隼鉄の剣は持ち主の手を離れて一定以上の時間が経過すると消えるのに。

白雨さんの意思が関係している。咲耶さんを仕留める、という意思。

それが隼鉄の剣の消滅を許さない。

「どっちが、本物だったんですか」

床に膝をついた私を見つめて、咲耶さんは荒い息を吐きながらたどたどしく尋ねた。

「どっちが……？」

「あなたが、やっぱりあめつちに、選ばれた女神？」

やっとわかった。まがいものの意味。信じて仕えていたのに春日さんは偽物の緋宮だった、騙された、と言いたいんだろう。心がぐっと重くなる。咲耶さんはこの瞬間も、権力者に認められたいという気持ちを抱き続けている。

「どっちも、本物だよ。私も、春日さんも」

咲耶さんは虚ろな目を通路の天井へと向けた。そこは明かりが届かず、ぼんやりと薄暗かった。

「選ばれたかったんです」

「……うん」

「力ある、美しい者に。そうしたら……私も、まるで、価値のある者みたいでしょう？」

白雨さんが私の横に静かに膝をつく。

「馬鹿。まるでもなにも、おまえは十分価値のある者だ。些末な者なら、初めから放っておく。殺さねば、と危ぶむほどの、力ある女だった」

そこで初めて咲耶さんは微笑み、こっちに視線を戻した。少し潤んだ瞳に、暗さは見えなかった。どこかひたむきさを感じた。

「知夏様、私ね」

「うん」

「今やっと、心が穏やかになった。幸せに死ねそうなのに……変ですよね、死にたくない」

許してください、と咲耶さんは儚い笑みを残したまま、小さく呟いた。

私は何度も頷き、彼女の手を握った。早く薬師を連れてこなきゃ。

大声を上げれば、薬草作りが得意な兎神一族がすぐに駆けつけてくれるに違いない。なのに、声が出なかった。身体が小刻みに震え始める。視界も曇ってきた。なんでだろう。必死にそう考えて気づいた。

勝手に涙が落ちてしまうせいだ。あぁ、なにか言わないと。咲耶さんに、早く。

「いつかの世で会える。きっとまた巡り合える。待っていて」

「――はい、知夏様」

咲耶さんは安心したようにこくりと頷き、私にもたれかかった。

「……咲耶さん？」

沈黙が広がる。隼鉄の剣が、すっと消えた。

物音を聞きつけてやってきた見回り剣士に、咲耶さんの身体を引き渡したあと。

部屋に入ろうとして、私は躊躇った。胡汀たちが出てこない。なんの話をしているんだろう。邪魔をして、いいんだろうか。なんだかさっきよりも、現実が遠い……。

扉に手を置いたまま固まっていると、白雨さんに腕を軽く引っ張られた。扉から少し離れた場所に移動させられる。

「緋宮に、返さなければいけないものがある」

「なに？」

腰帯に下げていた袋から、彼女は花を取り出した。

「それ、鉄花？　前に私が渡したもの？　緋宮に指名されて、架々裏さんに処刑されそうになったとき、咲いたものだよね？」

「受け取れる立場に、ないから」

白雨さんはやや俯き、傷ついた口調で言った。私も、ちょっとのあいだ言葉をなくすほど傷ついた。それを返すってことは、完全に絆を断ち切るのと同じだ。

「私は自分に誓いを立てていた。緋剣という新しい生き方をくれたおまえを護るって」

「……星が朽ち果て、月割れ落ちようとも」

知っている。鉄花を渡した夜のこと。図世さんから聞いた。私の部屋の前で、永劫の護りを誓ってくれたのだとか。

「ど、どうしてそれを？　あの夜、起きていたのか？」

狼狽する白雨さんを、無言で見つめる。

「……緋剣となって、私は違う世を目にすることができた。滸楽たちの暮らしも知った。望みができた。緋宮が手を伸ばしてくれたから見えた景色なのに、その恩を忘れて、私は」

白雨さんは唇を噛み締め、私に鉄花を差し出した。

「いらない」

「緋宮！」

「白雨さんも、いらないから返そうとするんでしょう？」

「違う！」

「返さないで。いらないなら、捨てて」

泣きたい気持ちを封じ込めて、私は背を向けた。背後で、衣擦れの音。

「私に、死罪を！」

かっと頭に血が上った。私に、死を寄越せと願うのか。今、咲耶さんの死を見たばかりじゃないか。まだ見せるの。それで、白雨さんの次は誰の死を？

許せない。許そうという思いが、掻き消える。

「その花が枯れたら命じる‼　それまで持っていなさい‼」

「緋――」

白雨さんの言葉を遮るように、扉が開いた。胡汀と春日さんが揃って姿を見せる。

私たちは凍り付いた。今の会話が、きっと聞こえていたに違いない。

最初に口を開いたのは春日さんだ。

「胡汀の、傷を手当てしていました」

「あ……、傷の深さは？」

そうだ、脇腹を咲耶さんに刺されたんだ。頭が回らない自分に苛立つ。

「ええ、太刀を振るわず大人しくしていれば、問題ないでしょう」

「そっか」

並ぶ二人を見つめ、私は笑ってごまかしながら俯いた。

「知夏」

「うん」

「あとで、毛繕いをしよう」

からかう口調ではなく、穏やかで優しかった。尚更つらかった。

まだやり残していることがある。気を引き締めないといけない。

「わかっているから。俺は待つ」

胡汀はそう言って私の頭を軽く撫でると、放心している白雨さんの腕を引っ張り、通路を戻っていった。二人の背を見ているとき、手のひらになにかが触れた。春日さんの手だった。

部屋の中の神女がおずおずと呼びかけてくるまで、私たちは通路で二人、立ち尽くした。

「――緋宮！」

神女の手を借りて、衣を改めた直後のことだ。

手伝いを終えて出ていく神女たちと入れ違いに、朝火さんが慌ただしく飛び込んでくる。

「緋宮、ご無事か！」

「……私は平気だよ」

てっきり咲耶さんに襲われた件についてを尋ねられたんだと思った。勘違いだったようだ。

朝火さんは焦れったそうに私の肩を掴むと、整えたばかりの衣をひっぺがすかのような熱心さで全身を眺め回す。

「身に異常はないのですか」

「……？　どういうこと？　そういえばさっき胡汀もなにかを言いかけてたけど」

「日蝕みが始まったんですよ」

「ひはみ？」

「陽が、食われている！」

「――なんですって？」

ずっと黙り込んでいた春日さんが、強張った顔を私に向けた。

「そんなはずはありません。陽都に瘴気が溢れるようになってから何度も祇官たちと占を行いました。日蝕みの卦は一度も出なかった。暦書にもそんな記しはなかったのよ」

朝火さんは私の身を自分のほうに引き寄せながらも、大きく首を振った。

「だが事実だ。最も濃い闇が降る。オグニの神もそう告げた」

「ちょ、ちょっと待って二人とも。日蝕み？　陽が食われるって……もしかして日蝕のこと？」

価値観のズレは、こういうときにふっと顔を出す。日蝕。元の世界では、ここまで大げさに騒ぐことじゃなかった。戸惑ったあとで、この異世界の常識を思い出す。

陽が月に食われる。この場合は、日月の調和を意味しない。

「この蒸槻は陽女神を祖とする国です。月神が陽女神を制する……つまり日蝕みのあいだ、末裔の『緋宮』は最も無防備な状態になる」

朝火さんは狼狽を隠さず、早口で説明した。

「確か『おりがみ』にも日蝕みについて書かれていたっけ」

天文現象を紐解いた暦書でも、日蝕はとくに注意しなきゃならないってくだりがあった。蒸槻の界が壊れないよう、前もって祭具を清めておくように、とか。

「緋宮、とにかく急いで神殿に隠れなさい。いや、神殿は崩壊しているか。ならば守りの堅い廟に入っていなさい」

困っていると、朝火さんは焦燥感を漂わせ、私を担ごうとした。

普段はS様なのに、『緋宮』がこの類いの危機に晒されると、とことん弱くなる人だ。

「だめ、朝火さん。日蝕は蒸槻の地にも影響が出るはずだよ。私が隠れると、陽都が本当に滅びてしまう！」

朝火さんの腕を掴むと、腹を立てたように睨まれた。

私に対して怒っているんじゃなく、焦りがそうさせているとわかる。

「知夏様。春日が陽都を祓いに行きます」

私たちのやりとりを見ていた春日さんが静かに告げた。

「そ、それもだめだよ。あなたも陽女神の血筋の人だ」

「だからこそ。あめつちの意は知夏様にある。蒸槻の界の状態がはっきりせぬ今、『緋宮』を失うことは避けねばなりません。けれども陽都浄化には、陽女神の力がなくては。春日以外に、儀に適した女はおりません」

「だめだってば」

「知夏様、頑是無いことをおっしゃらずに」

春日さんは眉をひそめた。憂いが滲む表情だった。

「帝の口車に乗せられて、愚かな真似をしたのは春日です。その責任は取らねばならないわ」

「そうじゃなくて、一緒に行こう」

「――え？」

「私は天つ神に大見得を切ったの。その私が、日蝕くらいでへこたれるわけにはいかない。でも、きっと私だけじゃ無理だ。あなたの力が必要だよ」

春日さんはきょとんとした。

「私たちが一緒なら、なんとかなる！」

宣言してから、非常に渋い顔をしている朝火さんに微笑みを向ける。

「私たちは蒸槻を護る女だよ。とめないよね？」

きちんとした儀式の準備をする時間はなかった。持ち運べたのは最低限の祭具と神酒だ。

あたふたと引き止めようとする皆を宥めつつ、春日さんと一緒に陽都を下る。ちなみに私を乗せているのは許楽。春日さんも乗ってもらった。これも計画のひとつだ。

許楽が陽都の浄化に協力してくれているっていう図を作るための。

同行する緋剣たちは司狼に乗っている。祇官や剣士、オグニ様、ぬまごえ様たちも来てくれる。それが心強い。

「緋宮、お待ちくだされよ」

「帰鼓廷に、お戻りを」

「隠れ巫女たる緋宮が、顔も隠さず路で儀を行うなど」

「そ、そんな、許楽にお乗りになるとは。回絽廷の者に見られたら、どうなさる」

祇官たちは、廷を出てからずっとこの調子だ。

「もしも今、御身になにかあれば」

「帰鼓廷は壊滅状態でございます」

私は振り向いた。泣きそうな顔の彼らをちょっぴりからかいたくなる。

「あれ、私、廃されたはずっていうか、今まで皆から殺されそうになった気が」

「緋宮」

「なんと、そのような冷たいことを」

祇官たちは、さらに打ち拉がれた。しまった、隣の春日さんまで俯いてる！

「知夏、いじめてやるな」

私の隣に司狼を進ませた胡汀が溜息をついた。

「たとえ浅はかな策に惑わされて状況を見誤り万死に値する選択をしたのだとしても、倶七帝の行方がわからぬ今、護女たるおまえにまでなにかあっては確実にこの者たちの首が飛ぶ」

す、すごい早口で毒舌だ！　全然祇官を慰めてない！

「胡汀もそう責めるな」

朝火さんが叱る顔を見せた。

「帰鼓廷の界が崩れ、頼りの神殿までも倒壊した。責任を取らせたい地の神々はさっさと遁走して役に立たず、仇敵であった許楽に助けられている状態だ。さらには、処断した邪魔な『先代様』に日蝕みの祓えの儀を行ってもらうしかすべがないというどうしようもない有様なのに」

ちょっ、朝火さんまで笑顔でドS発言！　祇官が可哀想になってきた。

「ああ、朝火、そういえば倶七帝はどうなるんだ？　あめつちの意を無視して帰鼓廷祇官長を脅し、祖神の末裔たる『先代様』を殺そうとしただろう？　帰鼓廷修繕の負担は勿論だが、我ら自身もまことに大きな犠牲を払わされた。その補償は？」

白雨さんまで！　そしてさりげなく九支さんは脅迫されただけってことにして、全部の責任を回紹廷に押し付けてる！

「おまえたち、もうやめないか。……だが、失ったものは確かに大きすぎた。私たちは償わねば……」

未不嶺さん、本心から嘆いているだけに、胡汀たちより破壊力がすごい！　祇官たちがマジ泣きし始めたんですが！

私は困ってしまった。祇官たちを責められない。というのも……。

「あの……この突然の日蝕って、私にもかなり責任があるんじゃないかな？」

香気根呪法の柱である、ひの間を壊したせいなんじゃ？

「護女」

オグニ様が、凍えた空気をまとう緋剣たちにびくつきつつも、小声で話しかけてきた。

「日蝕みは護女のせいじゃない。今の歴を記した天の巻がちょうど終わりを告げたからだよ」

「天の巻……」

確かのさらの地でも、いやびこ様がそんな話をしていた。それに架々裏さんも。

私は、持ってきた矛と二枚の羽衣を見つめた。これ、世を保つための神器なんだっけ。

「その羽衣が、天の巻だよ」

「えっ？」

「よく見てごらん。羽衣に、歴が浮かぶはず」

きれいな玉虫色の羽衣をまじまじと見遣る。ふいに背筋がぞくりとした。目眩。現実の景色が掻き消えた。文字ではなく、天が、地が、山が、谷が、そして生き物すべてが幻のように目に映った。いや、頭の中にイメージが送り込まれたようだった。九支さんに『神世』を見せられたときと同じ感覚が呼び起こされ、その底知れなさに恐怖が芽生える。

慌てて視線を引き剝がし、もう一枚を確認する。

「……？」

こっちには、なにも浮かんでこない。

「そうか、これから記すための新しい巻なんだ」

呟いたときだった。大気がずんっとひずんだ。

「陽が……！」

ざわめきが広がった。

日蝕みの刻が近づいている。故郷の日蝕とは随分様子が違うようだ。瘴気とは別の、黒い霧までじわじわと広がり始めている。大気は重く、暗い。

「また悪鬼が溢れるぞ」

胡汀の言葉に、誰もが一瞬身を竦ませた。

「せめて、笹と榊の葉をお持ちください。廷の薬園にて育てたものです」

祇官たちは私と春日さんに玉串を差し出した。矛を抱えているのでそんなに持てない。お守り代わりとして春日さんにできるだけ持たせ、それから緋剣たちにも押し付ける。洲沙にも。

「急がないと」

私は片手で腹部を押さえた。神力が戻っていない。ひょっとすると回復はもう無理なのかもしれない。気を抜くと、やけに体内がすうすうする。臓器が全部取り出されて、中身のない空箱へと変わったみたいだ。

「――蒸槻を護ってみせる」

この地でたくさんのものを失ってきた。二度と取り戻せない命もある。もしもこの地まで護れなかったら、彼らの霊がさまようことになる。

私は密かに息を吐いた。あと少し。あと一歩だけ。頑張れる。

皆が一緒なら、きっと！

平野を越え、貴人区に到着したあたりで、日蝕みが始まった。太陽が食われていく。

「祓おう」

春日さんに合図し、滸楽の背から下りた瞬間、ずしっと身体が重くなった。他の人たちも同じのようだった。

「……行こ」

ぎゅっと春日さんの手を握り、黒く染まっていく路を歩く。緋剣たちや祇官が心配そうについてくる。廃墟と化したかのような都。建物は崩れ、木々も枯れ……。

心を落ち着かせる。腹の底に力を溜めるように息を吸い、吐き、視線を定める。

「私たちは、ひめみこだ」

赫たる陽のいつくし御子だ。

神と遊び、虜にする。

「かしこみ、かしこみ」

よいしょ、と跪拝。

立ち上がって、華やかに、仰け反るように袖を振る。しゃらりと冠の房が揺れる。

「――いでや、いでませ」

「隠りおわすな、むすび召せ、きこし召せ」

私たちは、まず産霊の詞を紡ぐ。

言霊を産むうた。さあさあ皆、出てきて、見てみて。怖がらずに、手を取り合って、お酒でも飲んで、この地をゆこう――平らかにしよう。

恥ずかしがりな、善き神々に呼びかけながら袖を振り、葉を揺らす。裾が割れるくらい大きく足を持ち上げ、腰を捻って、ぐっと前へ。優雅ながらも、力強く。

私たちは全身で叫ぶ。

神よ、見惚れろ！

私たちは百花のようにうつくしい！

そう叫ぶ。

神々の興味を引いたら、すかさずお頼みする。

「あまつ罪、くにつ罪、よものまがごと、みそぎ祓え」

「ささや、ささふれ、かき祓え」

「いで、くらと開きて、きこし召せ」

あらゆる罪を、東も西も北も南も災いを、取り除こう。

さあ、防ぎ、祓おうよ。

祖神である陽女神、聞いてください。どうか黄泉から出て。聞いて。

「あまつかみ、くにつかみ、よろずかみ、いでましらせ」

神々よ、海も国土もすべて清め歩こう。

産霊の詞は、簡単な言葉を繰り返す。

神々が聞き間違えないように、聞き漏らさないように。

単純ながらも、いくつもの意味を含む言葉だ。それを、何度も何度も重ねる。

これももしかすると、香気根呪法なんだろうか。

でも、こういう言葉なら、いい。怨みではなく祈りを重ねるのなら、尊い。

かん、と乾木の音。祇官たちが恐る恐る打ち鳴らす。緋剣が鈴を揺らし、榊と笹を振る。剣士たちが神酒をまく。

そうして、路を、大気を、清めていく。

「かしこみ、かしこみ」

唱えて袖を大きく振ったとき、隣で舞う春日さんにちらりと見られた。ごっ、ごめん、袖振る側の腕を間違えた！

でもいいよね、ちょっとくらい！

大事なのは、負けない心！

進むうちに、太陽が暗さを増す。蝕甚のときが迫る。闇が降る。あらふる闇だ。

「ささと、いでませ——」

ふと息を呑んだ。路の穢れがひどい。あちこちに蠢く影。

悪鬼が増えて、力をつけている。見たことのない風体の妖もいる。

「護女、異国の鬼たちが忍び込んでいるよ」

オグニ様が背後から緊張した声で囁いた。侵入を許すほど、陽都の界が揺れている。

神力が足りない。冷や汗が滲む。もしも私が倒れたら、皆は行進を止めるだろう。春日さんは責任を感じて自分を追いつめる。儀が失敗しかねない。どうしたらいい。

立ち止まりそうになったときだ。

「なんて頼りない蒸槻の神々でしょう。護女がこんなに健気に詞を紡いでいるのに、役に立とうとせず眺めるばかり。とくにぬまごえ。可哀想な護女、とても見ていられません」

不思議な獣に乗った誰かが、ひらっと私たちの行列のそばに降り立った。

「し、獅子舞!?」

私たちは揃って仰天した。すごく派手なんですが！

「助力しましょう、護女」

「ああっ、あなたは！」

獅子舞に乗っている中性的な容姿の者に目を留める。歌舞伎役者のような大胆なメイクと衣。それにエスニック系の装飾品。どれもすべて、黒と金の二色のみだ。

その鮮烈な印象の者の後ろに、もう一人乗っている。こちらは快活に笑う女性。四十歳くらいで、蒸槻とは違った雰囲気の衣をまとっている。私はこの二人を知っていた。

「いやびこ様！　それに、由良さん!?」

「うふふ、知夏、元気だったぁ？　オグニ様たちと一緒に来ちゃったー！」

以前、のさらの地で、行き倒れになった私と胡汀を助けてくれた由良さんが、明るく手を振った。

「ひどいのよぅ、オグニ様ったら。あたしが最初に、知夏が心配なのー！　ってお願いしてここに来たのよ？　なのに、あたしたちに都の浄化を手伝わせるあいだに、さっさと一人で帰鼓廷に行っちゃってぇ」

「え、えっ、待ってください。どういうこと？　オグニ様と仲良くなったんですか！」

あれっ、由良さんって神と親しかったっけ⁉

「ごめんねぇ。あたし、こう見えて結構いいとこの王女だったのよ？　滅ぼされし異国の王族……流浪の民なの。だめよねぇ、これも定めなのかしら、何度定住の地を見つけても内紛ばかり起こしちゃって。また流れてねぇ。やっとのさらに落ち着いたのー」

「え……」

「前に、異国から逃げてきたって教えたでしょお？」

そういえば、そんな話をしていた気が。というか、今日もその話をどこかで――。

「あたしって、星神様を祖神とする血筋なのよ？」

由良さんが、私と胡汀を見て、くふっと悪戯っぽく笑った。

「――ええっ⁉」

今、もの凄く大事なことをサラッと言った⁉

「由良。戯れ言はあとにして」

「やだぁ、いやびこ様ってば、男前！　あたし頑張って祓っちゃうから！」

口調はどこまでもあっけらかんと明るい。でも悪鬼に向かって放つ矢は神力を帯びていた。

「……おのれ、いやびこなどに負けられぬ」

オグニ様の頭の上にいたプチサイズのぬまごえ様が、くるんと飛び降り、青年姿に変化した。

「眷属たちよ、来い」

わっ、とぬまごえ一族があちこちから出現する。

それにつられるようにして、白い亀や蛙――みずの様の眷属たちも。壮観だ。

「飲み仲間……いや、善き神々よ！　女神の振る舞う美酒を味わったものも多かろう、今こそ恩を返すときじゃ」

ぬまごえ様が、ちょっぴり秘密の飲み会についてを匂わせつつ、扇を振って呼びかけた。

わいわいがやがやと建物の陰から、亭の陰から、壊れた橋の横から――悪鬼たちを蹴飛ばし、押しのけて、飲み会で知り合った神々が顔を出す。

「光り輝くいつくし乙女、我らも舞おう、うたおう」

「皆、酒が飲めるぞ」

「酒じゃ、酒じゃ」

善き神々が袖を振る。扇をくるりと回して飛び跳ねる。

「てへ、さっきはごめんなあ？」というように、ひの間から遁走していた地の神々も顔を見せ、いそいそと協力する。

「やみふれ、ちふれ」

神々の振るう衣や扇は、神力を帯びて煌らかだった。

それが、日蝕みの闇を跳ね返し、悪鬼を溶かす。

——本当に、実った。蒸槻は実った。

やったよ、天つ神。花神、月神、ことじろ。蒸槻は、人だけでもなく、神だけでもない。

皆が力を合わせ、ひとつになった。

「おお、蝕甚じゃ！　それおまえたち、護女らが無防備ではないか。衣を貸してやれぃ」

ぬまごえ様が空を見て、慌てたように呼びかけた。

神々がわたわたと衣を脱ぎ、路を歩む私と春日さんに衣を一枚一枚、かけてくれる。

穀物神の儀式のときと逆だ。あのときは一枚一枚、衣を脱ぎ捨てていった。

今度は、衣を着込んでいく形になる。

春日さんと目を合わせた。

——力の、移行だ。

神々が陽女神に力を戻してくれている。

「隠りおわすな、むすび召せ」

春日さんが高らかにうたい、神の袖を振る。その美しさを神々が讃え、囃し立てる。

宴のように賑やかな声を聞きつけて、屋敷にこもっていた貴人たちも路に顔を出した。誰かが、思い切ったように笛を吹き始めた。太鼓を鳴らし、弦を弾き……。

「神よ、宜しくあそべ」

この世に響け、この地に誓え。

「うたよ、ゆけ」

蝕甚。太陽が完全に隠れ、陽都が闇に閉ざされる。

不安のどよめき。

「大丈夫、私たちはここにいる！」

私は、矛を地面に突き立てた。矛の先がずぶっと地面に埋まっていく。

「闇よ、動け、巡れ」

ぐるぐると掻き混ぜる。終わりを告げた古き天。溜まりに溜まっていた澱を地から掻き出して、新しい天を『産む』。

大地を掻き混ぜると、空の闇もつられて動き始めた。台風の目のようだった。

「あめつちほしそら、みな召しませ」

そして、空は明けていく。

「――おお！」

神々が歓喜の声を上げた。

日蝕みが終わりへと近づく。

陽都の人々が周囲を見回し、仰天していた。それもそのはず、よくよく見れば異様な行進なんだもの。表舞台に立たないはずの緋宮が二人いるし、神々もわんさかだし、滸楽、異国の者、剣士に祇官が勢揃いだ。私と春日さんは顔を見合わせて笑った。

きっと、善き時代が来る。

あらゆる者がこうして手を取り合って、蒸槻を護ろうとしている。

怨みじゃなく、陽気に笑って、祈りながら！

「胡汀」

呼びかけると、徐々に現れる陽を見つめていた胡汀が振り向き、近づいてきた。

古い天の羽衣を、彼に突き出す。

「燃やそう！」

嬉しそうに衣を舞わせていた神々が、「なんですと!?」と我に返った様子でこっちを見た。

「ほら、昇華しよう！」

右往左往する皆を無視して、胡汀に催促する。さすが暴君胡汀様。一切の躊躇いなくにっこりとしながら、術で羽衣に火をつけてくれた。こういうところが大好きです！

「緋宮ー!!」

絶叫する人々や神々ににやにやしつつ、燃える羽衣を空に放つ。

「解き放てー！」

羽衣の灰が、ひらひらと広がった。花びらみたいだなあ！

全員が茫然と空を見た。灰は本当に、次々と花びらへ変わり、地から天に降る。

「天地が逆さまになっているみたい」

闇に流れる星のようでもあった。満天の星だ。とてもとても、美しかった。

「古き天に閉じ込められていた怨みの霊が、還っていく」

胡汀が囁いた。ざわざわと驚きの声が路から上がる。天へと降り注ぐ花びらに引っ張られるようにして、地から薄ぼんやりとした影が飛んでいく。

私も目を見張った。これが怨みの霊たち？

「あれは……」

見間違いかもしれない。でも、多くの女たちと、架々裏さんがいた気がした。皆、微笑んでいたように思えた。架々裏さんだけじゃない。洲沙の父親もいた。穂野さんもいた。嬉しそうに笑っていた。石馬山の裳里境で会った犀鬼の人たちも。

「皆が、いる」

帰鼓廷で命を落とした江房さん。咲耶さん。白雨さんの実父である鷲見さん。それに——。

「胡汀！」

今、天へと向かったのは、胡汀の父親じゃ？　その彼の隣にいた女性は、雲乃さん？

思わず胡汀の手を握る。彼は、目映そうな顔をして空を見上げていた。握り返された手が、熱かった。胸が詰まる。

なんだか、途方もなく、見るもの全部が愛しく思えた。あんまり恋しくて、泣きたくなる。

この異世界は、限りない。

「知夏」

「うん」

二人で、皆で、光が満ちる瞬間を待つ。隠されていた陽が、産まれる。

闇は開かれた。太陽が空に輝く。

陽都が完全に浄化を果たした瞬間だった。もうどこにも悪鬼の姿はない。

「陽が、戻った」

わあっと皆が喜びに沸き返る。それを聞きつけたのか――地面から、ぽこぽこっとたくさんの丸いものが飛び出してくる。弾ける木の実のようなイキモノ。

「ごっ、碁子ちゃーん！」

不気味でかわいい碁子ちゃんたちだ。「よっ、知夏！　わしらも祝いをくれてやる！」と言うように、ちんまりした羽を振る。

「碁子ちゃん」

飛び跳ねていた碁子ちゃんたちが再び地面に沈む。海原のように大地が波打った。よろめく人々のあいだから、次々と芽が伸びる。

「おぉ、地も満ちたか」

ぬまごえ様の笑い声が響いた。

大地に、鉄の花が咲く。私が『緋宮』になったときと同じ光景だ。

黒く輝く鉄の花。陽を受けて、白い輝きを放つ。風にゆらぐことはなく、永遠に咲き誇る。

百花繚乱の様に誰もが圧倒され、息を呑んだ。

ふと足元を見下ろす。一本だけ蕾のままの花があった。それがゆっくりと開花する。中に、丸いものが入っていた。

代替わりの種だ。

胡桃に似た形の黒いそれを、じっと見つめる。知らず知らずのうちに、笑みがこぼれた。

――私の役目は、終わった。

そっと種を拾い上げる。誰もこっちには注目していない。緋剣や滸楽、神々、人間たち、そして春日さんも、地に咲き乱れる鉄の花を眺めていた。

私は忍び足で春日さんに接近し、「おりゃっ」と新しい羽衣を彼女の肩にかけた。春日さんはびくっと身を揺らした。くくっ、驚いてる、驚いてる。

「ち、知夏様」

「ん！」

持ったままだった矛を差し出す。春日さんは困惑の表情を見せた。

笑いかけようとして、思いとどまる。最後くらい、恰好よくて毅然とした緋宮になろう。

架々裏さんのように！

「新暦の護女、受け取りなさい」

厳しめの声音で告げると、あたりが静まり返った。

「……ご存じでしょう。春日に歴は動きませんでした。あめつちの意はあなたにあり、陽も取り戻すことができた。春日は処断を待ちま――」

「花を与えます」

俯く彼女の手に、種を握らせる。

春日さんは、最初は訝しげな顔をした。やがて渡されたものの正体に気づき、目を見開く。

「あめつちの意は動いた。どうか護って。この蒸槻を護って」

「ど、どうして、種が」

以前は望んでいた座のはずなのに、喜ばない。逆に怯えを見せ、私の手に種を押し戻す。

「なにかの間違いだわ」

「間違っていないよ。春日さんが次代です」

「そんなはずありません。既に一度、あめつちに拒まれているのよ」

「それは、私にやり残したことがあったから。あめつちは拒絶したんじゃなくて、時が動くのを待っていたんだよ」

「嫌です」

彼女は眉間に皺を寄せ、身を守るように肩を縮めた。

「春日はもう嫌——こんなことになるなんて思っていなかった。望んでいた日々じゃないわ！　あなたよりももっと輝く歴を作っていけると信じていたのに、今更……っ」

怒りと恐怖が混ざった目を私に向け、春日さんは声を荒らげた。激情が、彼女の白い頰を紅潮させていた。

「なにひとつ思い通りにいかなかった！　あめつちは背を向け、倶七帝までも裏切り、帰鼓廷はっ……、春日を神々の餌にしようとした！」

「春日さん」

「皆にかしずいてほしいと思ったことなんてないわ！　栄華も財もいらない、春日の一族の繁栄など興味もない！　春日はただ蒸槻と民を護りたかっただけよ。それが、すぎた望みだというの？　わけもわからぬまま贄とされねばならぬほど、罪深い望みなの!?」

彼女の細い身体から苦痛が迸っていた。叫びが、宙に広がった。

「もう嫌、緋宮になどなりたくない!!」

冠がズレるくらい、彼女は勢いよく頭を振った。

緋宮なら誰もが味わう痛みなんだろうか。

少し前の私と同じだ。緋宮になんかなりたくなかった。皆、身勝手で、狡くて、大嫌い。本当にたまらなかった。信じていた人々からの裏切りにどれほど打ちのめされたか。もっとむごい目に遭うだろうと、簡単に想像できるのに、もう護女なんてまっぴら！　そう思った。

黒い川の中で再会したときの架々裏さんも、泣いて訴える私をこんなふうに見ていたんだろうか？

「帰鼓廷で会ったときに、春日さんは言ったでしょう」

「なにを……」

「『新たな歴を紡ごう』……力強く、そう誓った」

「それは、あめつちに選ばれたと信じていたから！」

わぁ、すごく悔しそうな顔をされたんですが！

「紡ぎなさい。まっさらな天があなたの手中にある。輝かしい始まりの歴を、紡ぎなさい」

わ、私、今までになく護女っぽいー!?

胡汀に褒めてほしいけど、我慢我慢。

「私はもう神力を使い果たしたの。蒸槻を護れない」

「え……、神力を？」

春日さんは驚きとともに私の全身を見回した。

「願いを、あなたに託したい。誰かが泣かずにすむ歴がいい。支え合っていける時代がほしい。この種は、私の最後の神力の欠片です。受け取って」

　春日さんは激しく狼狽えた。

「これから厳しい日が続く。きっと心が垢に塗れるような思いをする。天災に膝を屈し、人の仕打ちに涙する。誰もが騙し合い、妬み合って……」

「そ、そんな醜い世を護れと！」

　天つ神とともに去った椰真ちゃんの姿が頭に浮かぶ。緋宮になれと言われて木の上に逃げたとき、椰真ちゃんは私が辿る日々を予想していた。悲しげだった。寂しそうで、つらそうで。

　今、私も心配だ。春日さんの手を最後まで握っていてくれる人はいるだろうか。毎日どこかで泣くんじゃないだろうか。大事な人を失い、茫然と立ち尽くすんじゃないか。

　彼女の手を取り、瞳を覗き込む。

「それでも、どうか地の果てまで愛おしんで。あらゆる命を」

　愛おしむ価値があるのか、なぜ護らなければならないのか、価値がなければ護らずともいいのか。価値あるものが、絶対なのか。悩みながら進むしかない。

　ぱさぱさと、私たちの周りで衣の動く音がした。緋剣たちが地面に片膝をついていた。

「種を受け取って」

「――」

祇官たちも裾を払い、膝をつく。剣士たちも、そして困惑顔の人々までも。陽の輝く下で、新たな護女に膝をつく。

「嫌、……春日は、もう」

「春日さん。私の心をひとかけら、胸に置いて護ってくれる？」

なんだっけ、ねえ、架々裏さん？

「そうして、血塗れになりながらも闇を駆け、うん、それこそ天の華たる女神のように輝かしく。袖を振って、凛と立ち上がって」

「――ず、狡い!! そのような言い方をなさるとは！」

思わず噴き出しそうになった。私と同じ反応をしてる。末裔ズって、似るのかなあ。

「初めて会ったとき、春日さんは奇麗だった。女王だと思った。気圧されたよ」

「……そんな嘘を」

「本当に。だからあなたに、夢を望む。新しい、輝く世の夢」

泣きそうな顔の春日さんがなんだかかわいい。

「もしも違う形で会っていたら、姉妹のように仲良くできたかな」

架々裏さんも入れて、三人で。

想像してみる。いいなぁ、お菓子を広げてごろごろしながら女子トーク。おおぅ、二人とも美人だから目の保養になる。私だけが阿呆鳥……いやっ、そんなことはないと信じたい！

私と春日さんはどちらかといえば貧乳系だから、架々裏さんにはイロイロと教えてほしいことがあったのに。ほんと羨ましい体型だった！　なにをしたらそんな身体になれるんだろ。時々は「緋宮の仕事って大変だよねー」とか誰にも言えない愚痴をこぼしたり。こっそりと帰鼓廷を抜け出して買い物を楽しんだり。……緋剣たちに怒られるのも、三人一緒で。

違う形で出会っていれば、叶えられた夢だろうか。

泣きたい思いをぐっと堪え、私も地面に膝をつく。

「蒸槻に、陽のごとき栄誉を。月のごとき安寧を。皆、新暦の護女に、拝せよ」

蒸槻は、新たな護女を得た。

なぜか妙に眉間に皺を寄せている春日さんに、がっちりと手を握られつつ、帰鼓廷へ戻ることになった。もの凄い威圧感なんですが。逃げられない。

「さっきまで、か弱く泣いていたくせに……」

「なにかお言いに？」

「イエッ、ナンデモ」

春日さんに睨まれ、私はさっと横を向いた。どうしてなんだ、私の周りの暴君率って異様に高すぎる！

背後についている緋剣たちも渋い目でこっちを見ているし。

一部の剣士や祇官はここに残り、細かな穢れを祓うとのことだ。それと、あたりに咲いた鉄花を抜いて持ち帰るとか。胡汀が物欲しげに鉄花を見ている。隼鉄好きは相変わらずだ。

オグニ様と洲沙が手を繋いでいるのがかわいい。衣を返したあと、他の神々は去っていったけれど、プチサイズのぬまごえ様たちは獣形遠凪さんの背に乗っている。

各区画の復興については回絽廷との会談後になる。今回の一件で、帰鼓廷はかなり有利に交渉できるはずだった。

──でも、もう私が考えることじゃないんだ。

女王の座を、春日さんに渡した。

これから、私はどうしようか。

その言葉が胸に落ちたとき、急に目の前が暗くなり、前のめりに倒れかかった。

緊張の糸が切れただけじゃない。空っぽ状態に近い神力の代わりに、気力を使って産霊の詞を紡いだせいだ。なんだか命をごそっと削られたみたいだった。

春日さんが驚いた様子で腕を支えてくれる。緋剣たちや滸楽まで慌てたように私を覗き込んでくる。……伊織の顔が、足りない。ふとそう思い、心に影が差す。

私は急いで笑顔を作った。まだ、深く考えるときじゃない。

「ごめん、よろけた」

彼らがなにかを言う前に背を伸ばし、視線を逸らす。

後方から司狼に乗った集団が駆けてくるのが見え、私は手を振った。

「――彦那さん！　冬円さん！」

「緋宮！　ご無事で……！」

彼らは私たちの前で司狼を止めると、転がるようにして地に下り、膝をつく。陽都に侵入する前に知り合った多蔦さん夫婦、『緋宮』に扮装していた図世さんや神女たちの姿もあった。今は男装に変わっている。彼女たちを見て、息が詰まった。

「皆、無事だったんだ」

「はい、緋宮も、緋剣の方々も！　またお会いできるとは思いませんでした」

彦那さんは特徴のあるホウキ頭を揺らしながら、目に涙を浮かべて微笑んだ。

「我ら、緋宮様方とお別れしたあと、回紹廷の兵に見つかったのですが……」

「うん」

「同行していた滸楽たちが盾となり、我らを逃がしてくれました」

彦那さんの言葉に、皆しんみりした。彼らと一緒だった滸楽の姿はない。ということは――。

「おまえたちに礼を言う。いつか、この恩を返そう」

彼らは遠凪さんたちに目をやると、丁寧に頭を下げた。洲沙がきゅうっと穂野さんの剣を抱き締めて悲しそうに俯く。

「その後は悪鬼が異様に増え、逃げるので精一杯になりました。先ほども日蝕みが始まり、もうだめかと観念していたところ、天が陽を取り戻した。きっと緋宮のおかげだろうと」

「皆で取り戻した空だよ」

彦那さんは感極まったように私の手を取り、ぶんぶんと振った。仲間の剣士たちが近づいてきて、嬉しそうに彼らを労う。

「ところで緋宮、伊織様は！」

仲間の剣士たちにばしばしと叩かれながら、彦那さんは笑顔で尋ねた。

不意打ちの質問に身体が強張った。周囲の空気も凍り付く。

彦那さんの顔から、笑みが抜け落ちた。私たちの反応を見て、敏感に察したらしい。

「まさか、伊織様が」

それ以上は言葉にならないようだった。彦那さんは、緋剣たちを忙しなく見回した。なぜ他の緋剣は揃っているのに伊織だけがいないのか、なぜ助けられなかったのか。そう訴える目だった。けれど彦那さんはそれを言葉にしなかった。視線を地面に落とし、ややあって仲間の剣士に向き直る。

「穂野は？　あいつ、また抜け出してどこかで女でも口説いているのか？」

これにも、やっぱり誰も答えられなかった。空気が一段と重くなる。

彦那さんは、信じられないというように、ぽかんとした。

彼らが兄弟みたいに親しかったのを思い出し、尚更切なくなる。

「いくらなんでも、穂野まで——あの阿呆が、俺より先に逝くはずが……」

彦那さんの呟きに、図世さんがふらりとよろめく。

「そんなはずが。私が生き残り、穂野様がどうして」

彦那さんは激しい動揺を見せ、私に詰め寄った。

「いったいなにがあったのですか。ああいう図太い阿呆は、殺しても死ぬはずがないのに」

激情を抑え込んでいるからか、彼の顔が真っ赤に染まる。

「ああ、あいつのことだから女を庇って散ったのではないですか。なんて馬鹿なやつだ！　いや、待て。緋宮、あなたのためにか？　そうに違いない、調子のいいやつめ。きっと名誉ある最期を遂げたんでしょう」

そうだったら救われる、という口調だった。

剣を抱き締める洲沙がかすかに震えていた。

「穂野さんは……、私のために。仲間のために。護りたい者のために。最後まで戦ったよ」

私は静かに彦那さんの指を握った。穂野さんの手も、彼のように大きくて硬かったのを思い出した。

「彦那さんたちと一緒にいた許楽も、そうだよね。仲間のために、未来のために」

蒸槻で生きる者すべてのために、誰もが命懸けで戦った。そこに優劣はない。

「皆、ありがとう。生き残ってくれて、ありがとう」

「緋宮」

彦那さんは、くしゃっと顔を歪めた。

誰かの嗚咽が聞こえた。それが静かに、隣の人へと伝わっていく。

私は空を見上げた。きれいな青だった。祝福にも、弔いにも相応しい空だった。

「ありがとう」

でもまだ、実感がわかない。本当に彼らがいなくなったなんて、思えない。どうしても、飲み込めない。

帰鼓廷に戻ったら、「遅かったですね」と悪戯っぽく笑って現れそうだ。

茫然と地面にへたり込んでいる図世さんの腕を取り、立ち上がらせる。

「少し、ええと……そこの亭で休んでもいい？」

彼女を落ち着かせたい。

反対する人はいなかった。橋のそばに設けられている緑色の屋根の亭に近づき、板敷に図世さんたちを座らせる。

「近くに井戸があった気がする。ちょっと見てくるね」

水を汲みたい。そう思って亭を離れようとすると、全員がついてくる素振りを見せた。大丈夫、と手を振る。結局、美獣様が同行することになった。緋剣たちは不満そうだ。

私はゆっくりと歩いた。美獣様は前脚を片方、失ってしまった。歩きにくそうに、ひょこひょことついてくる。誇り高い魔王様だから、私が気にしているとわかるときっと怒る。なんでもない振りをして、進む。

「ねえ、私になにか話があったんでしょう？」

それで強引に、同行したがったように見えた。

美獣様の頭を撫でる。すると美獣様は私から数歩離れ、人の形へと変化した。もふもふした冬の羽織をまとっている。容姿は、倶七帝にそっくりだ。でももう見間違えることはない。

「清姫は、まことに護女の座を降りるのか？」

「あ、もしかして代替わりの種が本物かどうか疑ってる？　大丈夫だよ、春日さんが本当に次の緋宮になる。日蝕みの中で神々が衣を着せてくれたとき、春日さんの神力が強くなったのがわかった。衣を神様に返しても、力が春日さんの身にとどまっているもの」

あめつちが認めた証拠だ。

「蒸槻の今帝は、どうするつもりだ」

「倶七帝は……その処遇も、春日さんたちが決めていくと思う」

彼は行方不明のままだ。これは少し心配だった。まだ多くの貴人が彼の側についている。帰鼓廷側が先に彼の身を捕らえないと、次の争いが始まりかねない。

「清姫」

遠凪さんは、躊躇いがちに私を呼んだ。

「わたしは滸楽の者だ」

「うん」

「女を攫う一族だ」

そこで遠凪さんは口を噤んだ。自然と二人とも立ち止まり、向き合う。

憂いを帯びた、もどかしげな表情だった。

とくとくと鼓動が響く。月神を慕う花神の念に今も引きずられているのか、それとも単に、私自身が遠凪さんという滸楽の王に惹かれている部分があるのか。それを追究はしない。

好きかどうかは無関係に、私たちはどうあっても一緒になれないからだ。胡汀に後ろめたいわけじゃなく、日月の神々の定め云々っていう問題でもない。現実的な理由がある。

「……滸楽の王が唯一攫えないのが、まれびと女神だね。私って、なかなか手強い娘！」

笑いかけると、遠凪さんはひたすら私を見つめた。やがて、苦笑する。

「遠凪さん、力を貸してくれてありがとう」

「礼を言うのは、我らでは？　犠牲も多くあったが、少なくともしばらくは種の滅亡を懸念せずにすむ」

そう言うと、遠凪さんはふいに私の後頭部に手を回し、軽く引き寄せた。

「おまえを蒸槻から攫えぬのが、心残りだ」

淡々とした響きの中に、かすかに悲しみがこめられているのがわかった。

「あの目つきの悪い傲岸な男がいなければ、なにがあっても攫うのだが」

「それって胡汀のこと？……あのう、遠凪さんもかなり目つきが悪……イイエ、ナンデモ」

「清姫は、初めて会ったときからわたしに物怖じせぬ」

遠凪さんは急に、意地悪い表情を見せた。

「ところで。わたしは親切だから、忠告してやろう」

「え？」

「おまえ、もう少し肉付きがよくならねば」

「……え」

「いらぬところには、密かにあるな。必要な場所につけよ。あまり期待できそうにないが」

「──遠凪さん!!」

遠凪さんは、声を上げて笑った。私は怒りを忘れ、びっくりした。屈託なく笑う彼の姿は貴重に違いない。すぐに人の形を解き、獣へと変わる。

「……もー!!　私に怒られる前に美獣様に戻ったでしょー！」

美獣様は、うるさい、と文句を言うように尾で私の足を叩くと、先頭をひょこひょこと進んだ。私は嫌がらせに、その尾を掴みながら進んだ。悲しい思いは、閉じ込めておく。

「あ、井戸発見」

亭の並ぶ路の辻に、井戸があった。

「飲めるかな。汚れてないといいけれど」

美獣様は井戸の周りに咲いている鉄花を引き抜こうとしている。なかなか抜けないらしく、腹立たしげに花弁に噛み付いていた。……前脚が使えないせいで、手間取っているのかも。

「花弁、硬いから口を切らないように気をつけてね」

微笑みを向け、釣瓶を引っ張ろうとしたときだった。ふらりと、冬衣をまとった剣士姿の男が半壊した塀の後ろから姿を現した。帰鼓廷の剣士服だ。怪我を負っているのか、腹部を押さえ、背を丸めるようにして歩いている。足元も少し覚束ない様子だ。

私は釣瓶から手を離し、慌てて彼へと走った。

「あなた、帰鼓廷の剣士でしょう？　皆とはぐれたの？　どこか怪我を――」

彼のそばに寄り、顔を覗き込んだとき。

「――!?」

「おまえのせいで」

がばっと勢いよくその剣士に抱き締められた。普通の抱擁じゃない。骨まで粉々にしそうな力で腰を締め付けられる。

必死に視線を上げ、剣士の正体を確認する。

「倶――」

蒸槻の王。行方がわからなくなっていた倶七帝だった。

「おまえのような小娘に、私の世を奪われるとは！」

呪うような声。激しい怒りが伝わってくる。

「苦し……っ」

呼吸ができない。彼の腕の力が強くて、背骨が折れそうだ。

「苦しいか？　なら乞え。私に、許してほしいと、言え!!」

低い声で囁かれた。私は何度も忙しなく瞬きをし、倶七帝を見つめた。片側の瞳孔がおかしい。黒々としている。片目が澱に穢されてしまったように。

よく見ると、襟から覗く首元の皮膚も変色していた。どこかで澱を浴びたに違いない。

私の視線に気づいた倶七帝は、唇を歪めて笑った。

「私の身体を祓え。いや、おまえの肌で清めてもらおうか。女神の神気が、我が一族の穢れを拭う。この身に隠されたおぞましい血を、洗い流してくれる」

――清めてほしくて、ずっとこの人は、蒸槻の王たちは、緋宮を求め続けてきたんだろうか。

「倶七帝、放し……」

「我らは日月の王。私こそが、月神の子。女神の末裔を抱けば、我ら月神一族の世は安泰のまま」

狂気が閃く表情を浮かべ、彼は強引に私のこめかみに口付けた。お気に入りの人形を抱きしめている子どもみたいだ。そんな馬鹿な考えがふっと脳裏をよぎった。

「従順でいろ。私は女に優しいぞ」

私の頬を撫でる手を見て、寒気が走った。彼の片腕は変形している。鳥の足のような形。皮膚が爛れて、じゅくじゅくとした黒い液が滲み始めていた。

――穢主に変わりつつある？

いや、まさか荒神に？

彼も、神世の犠牲者の一人だ。恐ろしい運命に翻弄されてきた。他者に知られてはいけない罪深い秘密を抱え、微笑みながらもきっと陰では怯えて生きてきた。誰にも心を開けなかっただろう。恋をする余裕もなく、信じることもできず……。

「……知夏。なぜ、そんな目で私を見る」

早く瀓を祓わなければ、彼は人に戻れなくなる。

――それでも。

心に薄闇色の霧がかかる。私はもう以前とは違う。

制服のスカートの裾を翻し、わくわくしながら学校の廊下を突っ走っていた頃の『知夏』は、手の届かない場所へと遠ざかった。その『知夏』ではとても蒸槻に太刀打ちできないと知った。

清らかなだけでは、なんの役にも立たないということも身にしみてわかった。

今の私には、どうしようもなく暗いものがある。井戸のように深い位置に、それがある。そして私は、そういう変化を遂げた自分を見て見ぬ振りはしない。

「なぜそんな目をする!!」

――祓いたくない。

倶七帝は、私の願いをことごとく叩き壊した。大事な人たちを苦しめ、命を奪った。

この男に優しさを注ぐ余裕があるのなら、本当に助けを必要としている他の者たちにそうしたい。なんでもかんでも許すことはできない。罰するべきことは、罰する。

「けだものを見るような目をするな！　真のけだものは滸楽だ!!　知夏、おまえの前で滸楽どもの皮を剥いでやる。滸楽の肉で盛大に宴でも開こうか。そうでもせねば、おまえは反抗し続ける。二度と私に楯突かないよう仕置きをせねば――」

ひゅっと黒い影が目の端に映った。

「!?」

私の腰に回っていた倶七帝の腕に、美獣様が噛み付いていた。

「汚らわしい獣が!!」

怒声とともに、倶七帝の腕が変形した。肩から下が鬼の腕のように太くなる。

「蒸槻は渡さぬ！」

溷を滴らせるその腕で、美獣様を薙ぎ払う。

「美獣様！」

地面を転がったのち、彼は素早く身を起こし、また倶七帝に飛びかかった。動きが鈍い。前脚がないせいで、全力を出せないでいる。

「虫は、潰さねば」

倶七帝は鬼のものと化した手を拳の形にすると、ハンマーのように振り下ろした。美獣様はそれをかわし、逆側の腕に嚙み付いた。倶七帝が舌打ちしながら私を突き飛ばす。

抱き締めたままでは美獣様を仕留められないと考えたんだろう。だったらむしろ抱きついてやる！

私はがしっと彼の腰に両腕を回した。

「薄汚い淫女め、獣とのまぐわいが忘れられないか！」

倶七帝は声高に罵ると、私の髪を荒っぽく摑み、引き剝がそうとした。そのときまた、美獣様が大きくジャンプして倶七帝に飛びついた。

倶七帝は私を乱暴に払いのけた。その勢いに負け、地面にばたっと倒れてしまう。

「痛……！」

呻きながら慌てて顔を上げる。美獣様に突進されたせいで、倶七帝も地面に腰を落としていた。美獣様は倶七帝の肩に嚙み付いたままだ。

「――私を殺してみろ！　蒸槻は永遠に、おまえの一族を呪い続けるぞ!!」

倶七帝の負け惜しみのような発言は、美獣様の動きをとめた。

「私はまだ王だ、蒸槻の天なのだ。その私を、怨敵たる滸楽が殺す――そうとも、殺せ、殺すがいい！　これで我が一族の名誉は護られ続ける！」

卑怯な言葉だ。苦しんできた者たちのことを少しも考えようとしない。

でも回紹廷は、倶七帝の傲慢な主張を『正義』に変えるだろう。

陽都の穢れの一件も全部、滸楽に押し付けることができる。

そうしたら新しい歴はまた、不透明な怨みの中に沈んでいく……。

「どうした滸楽、嚙み殺せ！　私に牙を突き立てろ！」

美獣様の勢いが消えたのがわかった。彼は自分の命よりも、一族の未来を優先する。これでもう倶七帝を殺せない。

倶七帝は勝ち誇ったように笑った。鬼の手を振り上げる。美獣様を叩き潰そうと。

「やめ――」

だめだ。美獣様を殺してはだめ。

私は腕を伸ばした。また間に合わないの？　どこまで蒸槻は、私たちを絶望させる！

「――」

鬼の手が、空中でぴたりと制止した。

倶七帝は目を見開いている。信じられないというような表情。

私も啞然とした。振り上げられている鬼の手に、矢が突き刺さっていた。

「え……」

空気を裂く音が耳に届く。

どこからか飛んできた矢が、鬼の腕に再び命中した。

振り向くと、緋剣たちを乗せた司狼がこっちに駆けてくる。矢を放ったのは胡汀だった。

「おまえたち！」

倶七帝が唸った。鬼の手がまた変化を遂げる。今度は大蛇のように長くなった。緋剣たちへと伸びていく。彼らはその太く長い腕の攻撃をかわすため、四方に散った。

「誰が私を殺せるというのか！　私は蒸槻の王だ、この天を統べる神の子だ!!」

迷いなく駆けてくる一頭の司狼。私はそれを操る彼を見つめた。

司狼から飛び降り、剣を閃かせ、私の横を駆け抜ける。彼は一度もこっちを見なかった。喚く倶七帝だけをまっすぐに見ていた。

「帰鼓廷の者どもよ、けだものよ、私に手出しをすればどうなるか思い知れ!!」

「もう、黙れ」

ざくっと、隼鉄の剣が倶七帝の胸を貫いた。

「最早、あなたの天ではない」

「おまえ――わ、私を殺せば、蒸槻は……っ」

「私なら殺せる。私だけが、殺せる」

彼は深く、倶七帝の胸に剣を沈めた。

「王族の者として、外道になり果てた王を処する」

「……犬が、犬が……っ、私に、噛み付……っ」

「犬ではない。私は人だ。誇り高い、人という種だ!!」

彼は、これまでの迷いを断ち切るように叫んだ。

「――未不嶺ぇ!!」

倶七帝が、彼の名を呼んだ。大気が乱れ、ずんと沈む。

「許さぬぞ、犬め。食い殺してくれる!!」

激しい怨みが澱となり、倶七帝の全身にまとわりつく。

私は急いで駆け寄り、未不嶺さんの腕を掴んで引っ張った。

「よくも裏切った、肉の一片も残さず食ってやる、許すものか、あぁ、呪われるがいい……、すべて、呪いつくす……!」

人の原形を失う蒸槻の王。身体が膨れ上がり、巨大な肉塊へと変貌する。

膨張は止まらなかった。見る間に仰け反るほどの大きさになる。私と未不嶺さんは、這うようにして後退した。朝火さんと白雨さんが近づいてきて、私たちを彼らの乗る司狼の背に引っ張り上げてくれた。

「蒸槻は、私のもの、私のもの、食ってやる、人も神も、食ってやる」

醜い肉塊が、鬼のような手を振り回した。亭の柱を薙ぎ倒し、私たちを追ってくる。

「誰か、隼鉄を持っていない!?」

これは、鎮めないと大変なことになる。清めた陽都がまた穢れてしまう。

でも今の私にはもう神力がない。どうすれば。そう唇を噛み締めたとき。

「これでやっと、我らの定めも変わる」

胡汀が前に出て、呟いた。

「人の王を殺せるのが未不嶺なら、化け物と成り果てたことじろの子を鎮められるのは、俺以外にいないだろう」

「胡汀」

私の声に、胡汀がちょっと振り向いた。それから、司狼を走らせ、たぷたぷした倶七帝の胴体を器用にのぼった。

「眠れ、時が巡るまで」

翻る剣が、ことじろの子の首を落とした。

五章

それから、数日。

私たちは帰鼓廷でひたすら治療を受けた。誰もが満身創痍の極限状態。寝て、手当てをして、また寝て。その繰り返し。

回紹廷の使者や官吏たちが押し掛けてきたようだけれど、そっちに目を向ける気力はなかった。新暦の緋宮が、私たちの身柄を寄越せと要求する使者たちを徹底的に退けてくれていた。

まともに意識が働くようになったのは、五日ほど経過してからだ。

「雪が、降ってる」

空を見上げて呟く。私は今、緋宮の屋敷で世話になっている。中庭に面した渡り廊下の石段で休憩中だ。本当はもうここを出なきゃだめなんだけれども、緋宮が「帰鼓廷で一番安全な場所だから」と言って、私や緋剣、それに遠凪さんと洲沙たちの面倒を見てくれている。

さっき彼らの様子を確かめた。皆、ぐっすりと眠っていた。私だけ先に目が覚めたようだった。時刻は昼にさしかかる頃だ。

「最後の雪かなあ」

冬の一番厳しい時期はもう越えた。春を迎える前の、冬帝の別れの挨拶かもしれない。ふんわりした牡丹雪だ。積もっても、数日を待たずに解けてしまいそう。

そして解けたら、春が来る。

私は身を起こし、両手で雪を受け止めた。

「冷たい」

ふらりと、気の向くままに足を動かす。中庭を出て、路へ。

不思議なことに、誰とも遭遇しなかった。路も、空も、真っ白だ。

気がつけば、大神殿の区画まで来ていた。まだ神殿の修繕は少しも進んでいない。というより、ここまで壊れていたら建て直したほうが早いだろう。新暦の緋宮たちは比較的被害の少ない宮を仮神殿として使っている。こういう状況なので、正式な就任の儀も先送り状態だ。来年の春頃まで延期されるかもしれないって神女たちが噂していた。

「真っ白だなあ」

少し前までは隅々まで瘴気が満ちて、薄暗かったのに。

「今度は、白」

何事もなかったように。

罪を隠すように、雪で覆う？

——蒸槻は、勝手だ。

暗い声が胸に落ちてくる。私は密かに拳を握った。歩調が乱れそうになり、立ち止まる。

「……戻ろう」

一人になりたくない。眠るときは、神女が……図世さんがそばにいてくれる。誰かがそばにいないと悪夢を見てしまう。

来た道を引き返そうとしたときだ。人の話し声が聞こえた。少し気になり、迷った末、そちらに向かうことにした。

崩壊した神殿の裏側から聞こえてくるようだ。なんとなく、息をひそめて近づいてしまった。

割れた柱の陰からそっと覗くと、複数の貴人たちが話をしているのがわかった。

それと、未不嶺さん、緋宮とお付きの祇官たちもいる。

未不嶺さんと緋宮というのは珍しい組み合わせだ。

「──このままにしておくことはできませぬ」

貴人たちの中から、強い声が上がる。

私は眉をひそめた。どうも、緋宮たちになにかを要求しているみたい。

「どうか先代様と、滸楽どもを引き渡していただきたい」

顔が強張る。彼らは回紹廷の使いだ。私たちの身柄を引き渡せとしつこく迫っている。

「口を慎め。先代と滸楽たちは、こたびの陽都浄化に大きく尽力してくれた。その者たちを処せというのか」

未不嶺さんが厳しい声を上げる。

「そもそもは先代様方が反乱を——」

「真実を公にされて困るのは回紹廷だぞ。司義様……倶七帝が先代を偽者と非難し、処そうとした。その結果、あめつちの怒りを受け、陽都に悪鬼が溢れたのだ」

貴人たちは不満そうに押し黙った。

「陽都の者たちがなんと噂しているか、おまえたちも知っているだろう。回紹廷は保身を選び、民を見捨てた。帰鼓廷と滸楽の助けがなければ蒸槻はどうなっていたか——……ただでさえ信を失っているというのに、救い主となる者たちを罰すれば、民は回紹廷を見限るぞ」

「だからこそ、罪の在処をよくよく確かめ、正しきことを広めねば。司義様の乱心は、先代様の冷酷な仕打ちを発端と——」

「おまえたち、いい加減にせぬか!」

未不嶺さんは強い口調で叱り飛ばした。貴人たちは、一旦は従順な素振りを見せるものの、少しも怯んでいない。

それまで黙っていた緋宮が口を開く。

「民の誰もが見ていたのですよ。先代様に従ったのは滸楽だけではない。この蒸槻を護る地の神々、柱神までが先代様に頭を垂れた。あめつちの意は、先代様にあったのです」

「先代様はまれびととお聞きする。その珍かさに神々も酔われて——」

「神々を愚弄なさるのか」

緋宮は静かに彼らを圧した。

「春日は、決して倶七帝の……回紹廷の意すべてに否は唱えぬ。人の世は、人の手で築く。それを過ちとは思っておりません」

「なれば緋宮、先代様と滸楽に情けをかけては――」

「だが、蒸槻は狭き天であってはいけない。人のみならず、神も獣もともに暮らす、大きな天でなくては」

「緋宮」

「この頃の異国の勢いをあなた方もご存じでしょう。争乱の足音が迫っています。守護を固めねばなりません。蒸槻を属国などにはさせぬ。だが、人だけでは最早護りきれぬのです。蒸槻を護るのは、蒸槻に暮らすすべての者の責任です」

「滸楽は、蒸槻の者ではございませぬ。また、先代様もまれびとゆえに、蒸槻の者では――」

私はそこで、そっと踵を返した。今度こそ、来た道を引き返す。

「これから、どうしようか」

回紹廷の貴人や官吏は、絶対に引き下がらないだろう。帰鼓廷もきっと、私たちをいつまでも庇ってはいられなくなるはず。権力を握る貴人たちと完全に反目するわけにはいかない。

今、回紹廷の王座は空だ。彼らは焦っている。蒸槻の行く末を心配しているんじゃなくて、この混乱期が、立身出世する絶好のチャンスだからだ。新王が決まる前に、少しでも功を立てておきたいと考えている。

「私は、これから」

呟いたときだ。道の向こうに、誰かが立っているのに気づいた。

藤郎さんだった。

従者を伴っていない。私がここを通ることがわかっていたように佇んでいる。

「いつくし乙女、本日も大層麗しくていらっしゃる。おぉ、冬に咲く、可憐な花という風情」

彼は手をくねくねさせつつ、挨拶した。

相変わらず変態っぽいなあ。ちょっと笑ってしまった。

「しかしながら、まだ御身が優れぬご様子ですね。神力が回復されておらぬ」

鋭い。そういえばこの人は、神巫の気質を持っているんだっけ。

「……いや、神力だけではございませんな？　随分と、霊の輝きが」

「大丈夫だよ。それより新暦の緋宮に会いに来たの？」

藤郎さんは笑みを消し、じっと私を見つめた。

「乙女よ。そのお身体は、療養すればよくなられるのか？」

困ってしまった。藤郎さんはもしかしたら祇官よりも気を見る目を持っているんだろうか。

神巫の質を持っていて、人脈と財もある……かなり有望な人材だ。帰鼓廷に引き抜きたい！

「藤郎さん、お願いがあるんだけれど」

「さて、なんでございましょう」

「もしこの先、新暦の緋宮が困るような事態が起きたら、手を貸してくれる？」

藤郎さんは、心を見せない微笑(びしょう)を浮(う)かべた。

「お願い」

「さて。私は王の影でしかなく……」

「お願いします」

がしっと手を握り、見つめ合う。しばらくの後(のち)、互(たが)いに、ぷっと噴(ふ)き出してしまった。

この人が情だけでは動かない狡猾(こうかつ)な性格だっていうのは、なんとなくわかるんだけれど、それでも好きだ。骨があり、男気があるのもわかるから。

「いやぁ、今なら誰(だれ)も咎(とが)める者はおりませぬな。好き放題、乙女の御手(おて)をにぎにぎと」

変態だ！

「私も、乙女にお頼(たの)みしたいことがございます」

「なにを？」

「未不嶺(みふね)様をくださらぬか」

私はどきっとした。藤郎さんが言うと、妙(みょう)にアヤシィ響(ひび)きがある。

「それって……テゴメにしたいっていうような、変態的なお願いじゃないよね？」

「ふむ、未不嶺様は確かに美しい男ですが、私の好みからは少々外れておりましてな。どちらかといえば朝火殿のような者を泣かせたいという——、そうではなく、乙女」

とんでもない本音を聞いてしまった気がするけれど、それはともかく。

愛人にしたいんじゃないのなら、彼のお願いの意味は、ひとつしかない。

「王」

「——あぁ、乙女。あなたは美しいだけでなく、知恵もおありで」

藤郎さんは嬉しそうに笑い、私の手をにぎにぎしまくった。

私は改めて彼を見た。彼もにやにやと私を見た。真っ白い世界。白昼夢の中にいるみたい。

ここで蒸槻の新たな帝が決まる。その事実に、鳥肌が立った。

王の影の一族。やっぱり藤郎さんはただものじゃない。皆を出し抜き、王の最も濃い影になろうとしている。藤郎さんは今回、私たちの側に立って行動した。

未不嶺さんはどの貴人よりも彼を信頼し、手元に置こうとするだろう。

つまり、未不嶺さんが帝になれば、藤郎さんの天下だ。

「……でも今の私には、なんの力もないよ」

「力なき者のそばに、神は侍りませぬ」

本当に鋭い。まだ私のそばにはオグニ様やぬまごえ様たちがいる。

私の神力が戻らないから、心配して一緒にいてくれてる状態だ。

「よろしいですかな、乙女。こたびのことで民が浙楽に好意を向けるのは、せいぜい一月程度でしょう」

彼は笑いながら言い切った。

「春が来て、心にゆとりが訪れれば、それ、こう、このように」

彼は軽く、手のひらを裏にした。人々の心変わりを示している。

「長きにわたって対立してきたのです。過去を水に流してさあ肩を組もう、とはなりませぬ」

「……うん」

「だからこそ、未不嶺様がよい。乙女もそう思われましょう？」

すごい人だ。狙いを外さない。私が心配している点をしっかりと突いてくる。

王の血筋の人は他にもいるはずだ。もしもその者たちが新たな帝となった場合、間違いなく再び滸楽討伐の意見が顔を出すだろう。倶七帝のときよりもっと激烈に、執拗に、残酷に、滸楽を追う。離れかけている人心を一気に引き寄せるため、そうする。

けれども、未不嶺さんなら。いや、帝候補の中で未不嶺さんだけがきっと、それを阻止できる。一歩ずつでも滸楽の未来を変えるには、回紹廷の利益だけじゃなく、全体をできる限り平等に見てくれる帝でなければ。

少しだけ胸が痛くなる。すべては利害の有無と駆け引き。王の座でさえも。

そうしないと守れないものがあるのなら喜んで駆け引きする。

「未不嶺さんが王座を望んでくれるんだったら、私は邪魔しない」

「帝の座を拒む男など、見たことがありませぬ」

ふっと藤郎さんが笑う。……未不嶺さんもだろうか。

「藤郎さん」

「はい」

「あなたの野心は蒸槻にとって悪いものじゃないと信じてる。未不嶺さんを利用してのし上がってもいいと思う。未不嶺さんがそれを容認するなら。でも、操り人形にはしないで。権力にも溺れないで。あなたが野心だけの人になったとき、神は槌をおろす」

脅しておこう。そうしないと、人は簡単に迷い、いくらでも狡く、非情になるから。

「たとえ私が明日死んだとしても安心しないで。時とともに神の力が弱まり薄れていっても、人がこの世を席巻しても、蒸槻の祖は陽女神で、この私は一度蘇ったまれびとです。死しても神として蘇る。次は緋宮としてじゃなく、『戦女神』として立ちはだかるよ。忘れないで」

藤郎さんは一瞬、恐ろしいものを見る目をした。すぐに笑みを深める。

「あぁ、いつくし乙女、あなたが帝の妃になってくれれば言うことなしなんですが」

「それは無理だよ」

「ええ」

さすがに貴人たちの不満を抑えきれなくなるだろう。回紹廷は私に対して後ろめたいだろうし、政治的にも不都合だろうし、それに、さっきの藤郎さんのように心のどこかに怖さを持っているはずだった。太古の力を持つ、神なる者だと。神は崇めることを忘れると、荒ぶる。

藤郎さんは笑いながら、一歩引いた。そしてゆっくりと路に膝を落とし、私に丁寧に頭を下げた。

私たちは、そこで別れた。

これは、雪が見せた白昼夢だから。何事もなかったように。

まだやっぱり体力が回復していないせいか、屋敷に戻ると同時に寝込んでしまった。

起き上がれるようになったのは二日後。

星降る夜、私は皆に内緒で屋敷を抜け出し、神殿が見える位置にある樹木にのぼった。少しだけ期待したけれど、くけ、という声は聞こえてこなかった。

「椰真ちゃん、本当に帰っちゃったんだ」

枝の上で膝を抱える。なんだか背中が寒い。翼をなくした気分だ。

さっき、この下を、白雨さんが通った。新暦の緋宮に、別れの挨拶をしていた。

緋宮は、先代にはなにも言わずに去るのか、と尋ねていた。

白雨さんは、自分は罪を犯したからもう顔を合わせられない、と答えた。

立ち去る彼女を追わなかったのは、遠凪さんが彼女のあとを密かについてきていたからだ。

彼は、私がここにいることに気づいていた。

屋敷に戻ってから、私は神々への礼としてお酒を振る舞った。

胡汀たちにバレると叱られそうなので、こっそりと。

緋宮だった頃、夜の宴やお茶会によく参加してくれていた図世さんらに協力を仰ぎ、準備する。遅くまで神々に付き合い、少し無理をしたせいか、翌朝からまた熱を出してしまった。

寝台に横たわる私のそばには、お見舞いに来てくれた緋宮と図世さん、オグニ様、プチサイズのぬまごえ様にみずの様がいる。

さっきまでは胡汀たち男性陣もいたけれど、緋宮が容赦なく追い出した。

「……神力が戻っておりません」

緋宮が寝具の上から私の腹部に手を置き、不安そうに言った。

「不調が続くのは、そのせいでは」

真実を言えない！　昨夜、秘密の飲み会を開いたせいだなんて！

事情を知っている図世さんや神々が後ろめたそうに、ソッと目を逸らす。

「薬湯を飲まねば。でもその前に、いくらか召し上がったほうがいいわ。粥をどうぞ」

「うん。ちょっと空腹かも」

寝台に身を起こす。緋宮が椀を手に取り、木の匙で粥をすくって私の口元に運んだ。

図世さんが慌てた様子で「私がいたします」と言い、緋宮から椀を取ろうとする。それを緋宮が、む、とわずかに眉を寄せて止めた。

「おまえは下がりなさい」

「ですが」

「もう一度言わせるの？」

「……」

図世さんはしょんぼりとしながら部屋を出ていった。慰めるためか、オグニ様が静かに彼女を追う。それを見送ると、緋宮は小さく息をつき、私に粥を食べさせようとした。

「春日さんも、そろそろ祇官たちのところに戻って。本当はすごく忙しいんでしょう？」

優しい口調を心がけて言ったつもりだったけれど、緋宮は目に見えて狼狽した。

「春日が邪魔ですか」

「違うよ」

彼女は頻繁に会いにくる。その理由はだいたいわかっている。祇官や剣士たちとの不和、九支さんへの不信感、回紹廷の貴人たちへの恐れ。味方が少なく、心が休まる暇がない。

「大丈夫だよ」

「でも」

「大丈夫。代替わりは、間違えていない。春日さんは本物の緋宮だよ。大丈夫」

緋宮は、ほっとした。彼女は不安を抑えきれなくなると、この言葉を聞きたがる。一度あめつちに沈黙されたことが深い傷になっている。でも、このままじゃだめだ。私に依存していると、いずれはそれが負い目になり、よくない事態を招いてしまう。

「――起きておられるか、緋宮」

誰かが返事も待たずに入ってきた。この屋敷でそんな真似ができるのは、九支さんだけだ。

「では、春日は戻ります」

九支さんと入れ替わるようにして緋宮がそそくさと部屋を出る。明らかに九支さんを避けている。

「緋宮はまた、ここへ？」

私のそばに腰を下ろすと、九支さんは溜息をついた。同じことを懸念しているようだ。

「甘やかすな。一人で立ち上がり、考える癖をつけさせねば、いつまでも緋宮は祇官たちに侮られるだろう。……さて、知夏」

気を取り直したように私を見つめる。ばたばたしていたせいで、これまで九支さんと話す機会がなかった。ようやく、そのチャンスが来たみたい。ところが、なにから話していいかわからない。長い沈黙のあと、九支さんは諦めたように微笑んだ。

「――どうもな。曖昧にするつもりはないが。言葉が見つからぬ」

「うん。……あ、そうだ、陽都の結界は元通りになった？」

「ああ、心配はいらぬ」

「滸楽たちの安全はしばらく保障してもらえそう？」

「緋宮と未不嶺が回紹廷を説得している。私も及ばずながら助力しよう」

訊きたいことは、他にもある。身に宿る天つ神の御霊の影響を強く受け始めたのはいつ頃だったのか。祇官長となる前から？　私の処刑を決めたのは、どっちだった？　回紹廷と帰鼓廷は今後どうなるの。誰が処罰を受けて、誰が暗躍する？　早く対策を練らないと、悪巧みをする者たちに足をすくわれる。

「知夏」

九支さんはふいに、両手を伸ばした。私の頭から顎へかけて、柔らかく撫でる。

「あなたは善きひめみこだった。よくやった」

「――九支さん」

「もうよいから、荷を降ろせ。力を抜き、休みなさい」

「うん」

翌々日の明け方。

滸楽たちが、津杙に戻ると言った。禁域の森からそっと旅立つらしい。

見送りは私と、白雨さんを抜かした緋剣だけ。でも緋宮と九支さんが、彼らのために土産をたくさん用意してくれた。少なくとも当分は飢えずにすむくらいの様々なものだ。

誰も口を開かず、無言で森を歩く。ここの木々は冬でも葉が枯れない。私は洲沙と手を繋いでいた。洲沙の腰には、背丈に不釣り合いな剣が差してある。

「——ここまででいい」

ふと遠凪さんが足を止め、振り向いた。

「清姫」

なにを言うつもりなのかと、緋剣たちが警戒の顔をした。

「我らはやはり、滸楽だ」

「遠凪さん、それは」

「我らの祖は、獣たる『ことじろ』だ」

「と、遠凪様、それでは蒸槻の次の王をつけあがらせてしまうんじゃ」

慌てる洲沙に、彼が苦笑する。

「洲沙。我らはずっと滸楽として生きてきた。我ら自身が血を流して紡いできた歴ではないか。なぜその誇り高き歴を、今更手放して、人などに渡さねばならぬ」

王の言葉に滸楽たちは皆、笑顔を作った。驚いていた洲沙も、ふわりと笑う。

「そう、人にはやらぬ。肝要なのは『祖』ではなく、どのように生きるかだ」

遠凪さんは決断した。滸楽のままでいる——蒸槻の王は月神を祖とする、それでいいと。

「滅びに向かうのだとしても、人にはなれぬ。人の中では、生きられぬ」

彼の言葉は、滸楽一族の意志だ。

「女が生まれにくい我が一族。人を拒みながらも、人を欲する。わたしは、この罪深い滸楽という種が愛おしい」

「うん」

でも、私が昨日見た夢では、滸楽に女の子が産まれていた。それを境に、種は栄える。

夢見をしたのかどうか、それともただの願望を映したものにすぎないのか、判断できない。

今の私には神力がないからだ。

それとは別に、もうひとつ印象的な夢を見ているけれど——。

「人はまた我らを滅ぼそうと企むだろう。我らもやはり獣と化し、女を攫う」

遠凪さんは微笑んだ。

「けれども清姫の情熱は伝わった。許楽として生きながらも、人と手を取り合う道はないか、考えよう」

「ありがとう。一緒に暮らせなくても、互いの存在を認められるようになったらいい」

そこまでの道のりは遠いだろうけれど、希望はある。

「ところで、我らは獣ゆえに鼻が利く。白雨が逃げただろう。どうする？　我らならば捜し出せる。殺めてほしいか？」

遠凪さんの言葉に洲沙が激しく動揺し、視線をさまよわせる。

「それとも放っておくか？　いずれあの女は自害を選ぶだろう」

淡々と告げる彼の顔を見上げる。冷たい物言いだけれど、本当は女性にたじたじで、優しいって知っている。

「遠凪さん、私はまだ、白雨さんを前にして心からは笑えない」

正直に気持ちを告げると、彼は返事をするように瞬きした。

「信じていたからこそ、どこかに許せないって思いがある。でも、自害はもっと許せない。時間が必要だと思う。だから、それまで、白雨さんが死んだりしないよう預かっていてくれる？」

こうお願いしたのは、夢の一件が関わっているからだ。

許楽とのあいだに元気な女の子を産んだ女性は、白雨さんだった。

遠凪さんは、わかった、と平然と頷いた。私も、ありがとう、と素知らぬ顔で答えた。こんなに私と遠凪さんが呼吸を合わせて頑張っているのに、洲沙や他の許楽たちってば！　動揺して、とある方向をちらちら見過ぎだ。胡汀たちまで微妙な顔をして覗き込もうとする。

向こうの木の後ろに座り込んで、隠れている人。もうっ、困った人だ。せっかく気づかない振りをしているのに、嗚咽を漏らしたらだめ！

「行くぞ」

遠凪さんは少しばかり情けない目で仲間たちを見遣ると、短く告げた。

少し進んでから、彼は振り向いた。

「清姫」

「うん」

言いたいことが無数にあった。きっと遠凪さんもそうじゃないかと思った。

初めて会ったときのことを思い出す。魔王様だったなあ。

「まこと奇矯な娘だが——おまえと会えてよかった」

「私も」

会えてよかった。

洲沙が思い切ったように私に近づく。

「緋宮さ……いえ、知夏様。私たちと、一緒に」

「洲沙。やめよ」

遠凪さんはきっぱりと洲沙の言葉を遮った。

「でも、遠凪様」

「清姫を許楽の郷に迎え入れることはもうできぬ。――それをすると、回紹廷が我らの討伐の口実にしかねぬ」

洲沙は青ざめた。

それは、私たちが触れずにいたことだった。滸楽と一緒には暮らせない。歴は春日さんに渡ったけれども、蒸槻の神々は未だ私に好意的だ。回紹廷は、地の恵みが滸楽のもとに移ることを警戒している。だから、私も滸楽も殺したがっている。帰鼓廷が頑として、手出しは無用と牽制してくれている。しばらくは、滸楽の安全が保障される。

遠凪さんが、私にたぶん、特別な感情を向けてくれているだろうことは、わかる。でも遠凪さんは誇り高い滸楽の王だ。さっき言っていたように、一族を最も愛している。恋よりも、仲間を選ぶ。私たちの道は、重ならない。

遠凪さんは、寂しそうにしている洲沙の手を取った。

「清姫。また、いつかな」

「――うん」

いつかの世で、結ばれるかもしれない。

そう思って俯いたとき、気がついた。いつの間にか、手首を焼いた痕が消えていた。

私はその部分をきつく握り、息を吸い込んだ。

それから、笑顔を作った。暗い別れは、性に合わない。

「皆、元気で！　幸せに！」

飛び跳ねて、大きく手を振ると、しょげていた許楽たちはようやく笑ってくれた。彼らも私たちに手を振り、そして去っていく。二度と会えないわけじゃない。

いつか、きっと会えるはず。いつか、いつか。そう祈りを込める。

洲沙が何度も振り向いた。

朝火さんは、一言も声をかけなかった。目を向けようともしない。

それでもやっぱり、いつか。

洲沙に会いに行くかもしれない。洲沙が会いに来るかもしれない。

未来は、真っ白のまま。

自由のまま。

屋敷に戻る途中のこと。
ふと唐突に思い出した。確かこの辺りに、秘密の神殿があったはずだ。

同じ考えを抱いたらしい。朝火さんが歩調を落とし、私に声をかけた。

「向こうに神殿がありますよ」

「少し寄ってもいい？」

「ええ、緋宮」

「あのね、朝火さん。私はもう緋宮じゃないよ」

「そうですか」

「うん」

「ところで緋宮。神殿に寄るのはかまわぬが、中にはなにもありませんよ。俺が以前、すべて片付けましたので」

「……」

未不嶺さんと胡汀が、なにか言いたげな表情で朝火さんを見た。

私の緋剣だった人たちには、ほんと困ってしまう。誰かさんに続いて、朝火さんも。ＳでＭで、寂しがり。一旦懐くと、雛のようについてくる。

「そういえば。朝火さんって、小さい頃から緋剣だった？」

「はい？」

「架々裏さんの任期は、十年くらいあったって」

「ああ……。まさか十年以上前から緋剣だったわけでは。架々裏の任期中、緋剣の交替が何度もあったので」

なるほど。最初から仕えていたわけじゃないみたい。

「ほら、向こうですよ」

朝火さんは、私の手を取ると、せかせかと足を進めた。小さな神殿が見えてくる。

「外から見るだけで十分でしょう?」

「中も見る」

私はちらりと、胡汀たちに目を向けた。少し、朝火さんと話がある。

勘のいい彼らは、了承したというように神殿の入り口の段にさっと腰を降ろした。二人きりにしてくれるらしい。渋る朝火さんとともに神殿の中に入る。埃臭い。

「……暗いね」

「明かりがありませんので当然です」

呆れたように朝火さんが答えた。私を先導し、通路の左右に並んでいる引き戸式の部屋を覗き込む。壁の一部が崩れているおかげで、その部屋は薄ぼんやりとだけれど明るかった。

私は中に入り、光の差し込む壁際に近づいた。

「他の場所を見て回らずともいいんですか?」

朝火さんは怪訝そうに尋ねた。神殿内を確認したかったわけじゃない。彼と二、三、話をしたかっただけだ。

「ねえ、朝火さん」

「早く戻りませんと、春日らに責められますよ」

「春日、じゃなくて、緋宮だよ」

訂正すると、睨まれた。

「あんな愚かな娘を、緋宮と呼べと？　初めは大層な口を叩いていたが、結局回紹廷の者どもを御しきれず、いいように動かされている。これほど弱い女だとは思いませんでした」

「私も最初、愚かだって朝火さんに叱られていたよ」

少し笑いそうになった。これって朝火さん的通過儀礼なんだろうか。新人教育？

「所詮は倶七帝が選んだ傀儡にすぎぬ」

「でも朝火さん、前は彼女を認めていたでしょう？」

「緋宮」

彼はこっちに向き直り、低い声で呼んだ。

「あなたが滸楽の側につくなどという真似さえしなければ、俺は、離反などしなかった」

ほろ苦い気持ちが生まれる。人の心はすぐには変わらない。

朝火さんの胸にはまだ、滸楽に対する深い怨みがある。

「俺が本気であなたを見限ったと考えていたのか。そうだというのなら、あなたは俺よりもずっと薄情で冷酷だ」

薄闇の中で、彼は顔を強張らせた。

「心から決裂する気でいたのなら、俺の剣を折れと、とっくにあなたに告げています」

私は目を見開いた。確かにそうだ。この人なら、そういった部分は曖昧にせず、きっちり線引きするだろう。

もっと信じていれば。一瞬そう悔やみ、でもすぐに打ち消す。いや、そのときそのとき、精一杯考えて、悩んで、進んできた。あとから悔やむのは簡単だ。

過去の自分が懸命に道を作ってきたからこそ、今の自分が存在する。

「朝火さん、元緋宮として、最後の頼みがある」

「最後？　最後ですって？　よくもこの話の流れで、そういう……！」

朝火さんはわずかに声を荒らげた。部屋を出ていこうとする彼の腕を掴む。

「私にしてくれたように、新暦の緋宮を支えてほしい」

ぴりっと朝火さんが怒りの気配をまとった。

「――三代、剣を継げと？　どれほど俺は主を変えるのだ」

既に私の中から『緋宮』の力はなくなった。

儀は延期中だけれど、あめつちの意は春日さんに移っている。その証拠に、私が手を出さずとも隼鉄の剣は朝火さんたちの身から失われた。それを知ったのは、藤郎さんと最後に話した日だ。緋剣たちが青ざめた顔で私のもとに飛び込んできて、剣が使えない、と訴えた。

そういったこともあって白雨さんは悩みを深め、帰鼓廷を出ようとした。

「まれびとの私が立ったときより、次代の世は風当たりが強くなる」

というのも春日さんは最初、倶七帝側だった。

回紹廷はその点を利用しようと企むし、帰鼓廷は拒絶と疑いを同時に向けるだろう。負の思惑の板挟みになるのはわかりきっている。不吉な兆候がじわじわと現れ始めている。

それに、私を廃して名乗りを上げたはいいものの、あめつちは沈黙した。

その事実も彼女のこれからの歴に、濃い影を落とす。

「私の緋剣だった人が彼女を受け入れることは、大きな意味を持つよ」

先代の緋宮が確かに代替わりを認めたという証だ。

朝火さんの気性は激しい。私にしたように、荒っぽい方法で彼女を窘めることがあるかもしれない。それでも彼は必ず頼りになる。

「朝火さんは、滸楽のこと以外は、ちゃんと今を見てくれる。欲に囚われて騙そうとしない。そういう味方が、春日さんに必要だ」

私も、架々裏さんの代から受け継いだ緋剣ということで最初は怖じ気づいた。

普通はそのあたりが一番重荷になるはずなのに、彼の場合はそうならない。まず、ドSな面に圧倒され、次第にMなところもあるとびっくりする。気性がわかれば、きっと大丈夫。

「緋宮として立つのなら、逆風はおのれの手で払いのけねば」

彼は吐き捨てるように言った。

春日さんのためだけに緋剣でい続けてほしいとお願いしたわけじゃなかった。この人はもしかすると、緋剣以外の生き方ができないかもしれない。いや、他の生き方もあるんだと、そう自分を許せるようになるまで、長い月日を耐えなきゃいけない気がする。

「朝火さん」

呼びかけると、彼は顔を歪めて私を見つめた。

わかりにくいけれど、朝火さんはいつも孤独で、切ない人だ。

どうしてなのか、皆で彼を置き去りにし、高い空へと飛び立ったような錯覚を抱く。彼だけが目隠しをしたまま今も行く当てを探しているみたい。

彼はいつも守る側にいる。そんな彼を、守ってくれる人はいるんだろうか。ふとそう考えた。

「緋宮のそばに、いて」

時が巡るまで、彼という剣を握る者が必要だ。折れないように。錆びないように。

でも誇り高いこの剣は、蒸槻の王であっても使わせてくれない。

光り輝く女神以外に、触れられない。

朝火さんの手を握る。彼は身を屈めると、自分の顔を隠すように私の肩に額を押し付けた。

「私の剣。あなたは、誰よりきれいでまっさらな剣だったよ」

「——知ってます、そんな当然のこと」

彼は強い口調で答えると、乱暴に私の額に口付けた。呼び止める暇も与えてくれずに背を見せ、「先に行きます」と言って一人で出ていく。

私はしばらくのあいだ、額を押さえてから、ゆっくりと足を動かした。

通路を進み、出口へと向かう。

なんだか無性に、立ち止まりたくなった。心の奥から、こみ上げてくる思いがあった。

私は拳を握り締めた。早く行かないと。背を伸ばし、足の先まで力を入れて、一歩を踏み出す。

そのときだ。通路に並ぶ部屋の扉の隙間からなにかが飛び出してきた。

それにのしかかられ、私は転倒した。

『まれびとめ！』

呪いの声。生臭い息が顔にかかった。どろりとした澱が頬に滴る。

『黄泉に落ちよ、穢れの沼に落ちよ』

祓い切れていなかった穢主がここに隠れていたのかと思った。でも、まだ人の原形をとどめている。見覚えがあった。

――行方不明になっていた咲耶さんの、母親だ。

『私とともに、黄泉の醜女になれ』

私は抵抗できなかった。もう祓う力がない。それだけでなく、胸に迫る苦しみがあった。今まで必死に見て見ぬふりをしてごまかしてきた思いが、一気に膨らんでいく。

もう、私は。

「――知夏！」

怒声とともに、きらきらとした光が降り注いだ。

私にのしかかっていた穢主が断末魔の叫びを上げる。星のような光をまとう鳥が穢主を攻撃する。その穢主は……咲耶さんの母親は、呆気なく消滅した。余韻も残さずに。

「無事なのか！」

私を引っ張り起こしたのは、胡汀だった。

どきっとした。長い髪。一瞬、伊織を連想させた。次に倶七帝を、遠凪さんを。

私は思わず、彼の手を振り払った。

「知夏？」

通路の薄闇の中、見つめ合う。

すぐに未不嶺さんと朝火さんが駆けつけてきた。

私はぎこちなく微笑を作り、皆に「大丈夫」と答えた。

帰鼓廷に戻ったあと、私は屋敷の庭園に建てられている亭でひと休みした。

「雪、全部溶けちゃったなあ」

もう一度降ってほしい。自分の身体もすっぽり隠してくれるくらいの大雪になればいいのに。

欄干に寄りかかり、膝を抱えたとき、空気が動いたのに気づく。

目を上げると、短い階を上がって胡汀がやってきた。

「まだ大気は冷えるだろう。屋敷に入ったほうがいい」

渋い顔で言いながらも彼は私の隣に腰を降ろした。随分長くなってしまった髪を鬱陶しげにかき上げる。

私の視線を受け止めて、胡汀が真面目な表情を浮かべる。

「髪を切ろうか」

「い、いいよ！　長いのもよく似合ってる！」

「おまえが好まぬものはいらない」

胡汀の口から一途っぽい言葉が飛び出したことに、私は目を剝いた。星神の意識が出ているんだろうか？

「言っておくが、俺はおのれを取り戻している。もう星神に変わることはない」

胡汀はそっぽを向いて断言した。

「知夏、頭をこちらに」

急にぐいっと頭を引き寄せられる。どぎまぎした。なにかを耳につけられた？

「これ、耳飾り？」

「以前、おまえと揃いの耳飾りなどしたくないと言った覚えがある」

「……。確か、そんな屈辱など生涯断るって、きっぱりと宣言されました」

「それは、忘れろ」

胡汀の顔をまじまじと見つめる。彼の耳にも、同じ作りの飾り物があった。それを見た瞬間、鼓動がおかしくなった。後ろめたそうにしていた彼が、私の反応を見て目元を和らげた。

「色違いな。そちらは珊瑚。俺は翡翠」

「どうしたの、悩みがあるなら相談に乗るよ。それともなにか私に頼みたいことが？　あ、鉄花がほしいとか……って、なんで怒るの？」

「普通の贈り物だ。なにも企んではおらぬ」

「いったいなにがあったの、胡汀！」

胡汀の唐突デレが再発してる!?

「おまえは俺をなんだと思って……。優しくしたくなっただけだというのに」

「だっ、誰か来て！　胡汀の様子がおかしいよ!?」

人を呼びに行こうとしたら、への字口で止められた。

「うるさい。ただ、おまえが望むことは、なんでも叶えてやりたいと思った」

私を見つめる瞳に、嘘は隠れていなかった。途方に暮れてしまう。

苦難の連続だったから、慰めようとしてくれているのか。

「それから、誤解せぬように。春日のことは、護女としては認めている。それだけだ」

「べ、べつに誤解していないよ」

「……気にしていただろう。腹を刺されたとき、春日に手当てをしてもらったこと」

お見通しらしい。けれども少しだけ、違う。焼きもちだけを焼いたんじゃなくて、これからのことを考えた。胡汀は春日さんとともに生きたほうが、安らげるんじゃないだろうか。

「さあ、なんでも聞いてやる。俺に望むことは？」

困った。どこまでデレるんだ。

「胡汀は？　私になにか、してほしいことはある？」

「ある」

「なに？」

「俺の前で笑え。好きなときに触れさせろ。他の男と二人きりになるな。神々にも気をつけろ」

「ま、待ったー！」

恥ずかしいよ、マジ恥ずかしいよ!?

「かわいいから、こっちに来い」

「ほんとなんなの胡汀さん！　どんなデレ周期がきてるの!?」

「俺だけの阿呆鳥だったのに。知らぬあいだに成鳥したことがつくづく悔やまれる」

「もうどこから突っ込む、私！」

「次は首飾りをやる。その次は花のような衣を。愛らしい沓を。腕輪を」

「胡汀ってば！」

「おまえは女王だ。俺にとってはいつまでも、跪かずにはいられぬ女王だ」

胡汀は物憂げに溜息をつき、私の指に触れた。

「参ったな。こういうことは、言い慣れていない。どう伝えたらいい？」

どこが言い慣れていないのか、と返したい。

「ただ俺は……おまえのことを想っている。泣くのなら、俺の知らない理由はだめだ。苦しむのなら、一人で抱えてはだめだ」

「――」

「俺の鳥。飛んでもよいから、目の届く場所にいてくれ」

私は言葉を出さず、頷いた。この静かな、強い眼差しが好きだ。

胡汀に望むことが今、見つかった。

大好きだから、どうか一人で泣かないで。苦しまないで。誰にも傷つけられないでいて。

胡汀の望みを叶えられそうにない私を許して。

終章

その夜、私は帰鼓廷をこっそりと抜け出し、また禁域の森の神殿を訪れた。

もうあの穢主は現れなかった。

地下に降り、以前入ったことのある避難部屋のようなところに行く。

「ここに、洲沙のお父さんがいた」

脚の壊れた作業台にそっと花蠟を置き、手をつく。ちぎれた縄の一部を見つけた。それに血が付着しているのに気づいた瞬間、もうだめだった。封じていた感情が迸る。

「誰もかれも、失って……っ!!」

なにを救えたんだろうか。

なにが叶えられたのか。

ぐっと奥歯を噛み締める。蒸槻に迷い込んで以来、がむしゃらに毎日を過ごした。たくさんの人と出会った。たくさんの人を傷つけた。たくさんの人に守られた。

あたたかな佐基さん、優しい伊織、女王様な白雨さん、SでMな朝火さん、生真面目な未不嶺さん。遠凪さん、洲沙。咲耶さん。

椰真ちゃん、胡汀、架々裏さん、九支さん、図世さん、穂野さん、彦那さん。

ときごえ様にぬまごえ様。蛇神の長さん、和爾一族。みずの様。土老人、宇迦迦様、果食食様、茅さん。倶七帝、春日さん、祇官たち、神女たち。

悲しい定めの古の神々。花神、月神、ことじろ、天つ神。星神。龍神。

多くの者たちの姿が脳裏をよぎる。


「――」


今、なにを言おう。

怖かった。

悲しかった。

つらかった。

切なかったよ、寂しかったよ。

逃げたかった、忘れたかった。

負けたかった、勝ちたかった。

救いたかった、救われたかった。

――なにから?

私は駆け抜けた。制服じゃなく、足に絡み付く重い衣の裾を払って、手探りで。


「――」

ここでは誰の耳も気にしなくていい。誰も聞いていない。

やっと本当のことが言える。

なにを言おう？

我慢をしなくていい。

私は口を開いた。その瞬間、悲鳴が溢れそうになった。

両手で押さえる。

悲鳴はだめだ。やっぱり、なにも言えない。

目を瞑る。まざまざと蘇る日々。汚された路、美しい衣、鉄花。楽奪い月に木々が枯れた。

神花の白。乾木の音が耳に響く。鈴の音、散る花。降り注ぐ雪。

龍が稲妻のように天にうねる。星が瞬き、月を圧倒する。獣たちが山の中を力強く走り過ぎる。霧が流れ、地の神々が笑いさざめく。風が吹いて、雲が割れる。

見晴るかす蒸槻の大地。

深く、遠く、広く、永遠のようなこのいつくし異世界。

残酷だった。無慈悲だった。血も涙も怨みも願いも吸い込んだ。どこまでも厳しく、揺るがない。季節が流れ、雨、雪、嵐が訪れても揺るがない。

静かに、静かに、ありのままに、すべてを受け入れるだけ。

だからこそ尊かった。

果てしなく厳かだった。

指が食い込むほど強く、口を押さえる。視界が滲んで、真っ暗になった。嗚咽だけは殺せなかった。私は闇にいる。一人、闇にいる。

雪は降らない。もう、あの懐かしい雪は二度と。

「――緋宮？」

突然、声をかけられた。私は、目を開けた。扉の向こうに誰かがいる。

「緋宮」

嗚咽を必死に堪える。未不嶺さんの声だ。

「……泣いているのか？」

答えられない。入ってこられたらどうしよう。狼狽えてしまう。窓のない部屋だから、逃げることもできない。

「おまえは、一人でこんなところに」

未不嶺さんは軽く拳を扉に打ち付けた。小さな音だったけれど、私はびくっとした。

「――堪えなくていい」

彼らしくない、強い声音だった。

「陽女神の娘よ、叫べ」

未不嶺さん。

「悲鳴を上げていい。今度は受け止める」

今度は？

「私は、王になる」

はっとした。王。

「他には聞かせない。私のみが聞く。女神の悲鳴は蒸槻の王だけが知る。女神の悲鳴を受け止めて、初めて王が本当の蒸槻を知る」

我ら、日月の王。陽女神と月神。

いや、陽女神と『人』の神。

未不嶺さんは、そう告げた。

「私は蒸槻を変えていく。強くする。最早二度と女神を一人、闇の奥で叫ばせぬように。私が変えられずとも、私の子が、子の子が、その子孫たちが、血の中を泳ぎながら、苦痛の中を走りながら変えていく。悲鳴を上げてくれ、陽女神の娘。おまえの悲鳴を永遠に忘れない」

私は、口から手を離した。言葉はなかった。

悲鳴だけがあった。

今度は天にも地にも聞かせない。

王にだけ聞かせる声だった。

どのくらいそこにこもっていただろう。

私が叫ばなくなってしばらく後、未不嶺さんは地下の部屋から離れた。なにも言わずに一人で去ったのは、私への気遣いだろう。

「もう夜明け？」

時間の経過がわからない。目はひりひりするし、声もガラガラだ。

「我ながら、ひどい」

ちょっと笑ってしまった。未不嶺さん、耳が痛くなっただろうなあ。

「遠慮なく叫ばせてもらったし」

おかげで気持ちが楽になった。

心の底に溜め込んでいた暗いものを、やっと解き放てたと思う。

「これで、本当に、全部」

終わった。

知らず知らずのうちに溜息が漏れた。少しのあいだ、ぼんやりしてしまう。

「……私って、代々の緋宮の中で、もしかしたら上位に入る歴の短さとか」

それでいて激動の年だったに違いない。どんなふうにのちの歴に伝えられていくんだろう。

「希代の悪女？……意外に女傑として……っていうのはないか」

あるいは私の歴は、存在しないものとして抹消されるかもしれない。

ゆっくりと階段を上がり、神殿の外へ出る。

「あっ」

未不嶺さんが待っていてくれたのかと思ったら、別の人が神殿の前に立っていた。

「九支さん？　どうしてここに？」

司狼に乗った九支さんだ。私の姿を見てとると、優雅な動きで地面に降り、近づいてくる。

なにを言われるかと思いきや、ぺちぺちと扇の先で額をはたかれた。

「く、九支さん？　こう見えて私、元緋宮で……」

「言い忘れていたことがあったのを、急に思い出した。それで駆けつけてやったのだ」

「えっ？　いったいなんの話――」

「許せ」

「――九支さん」

聞き間違いかと思った。でも九支さんは真面目な顔をしていた。

「許せ。そして胸に留めておかれよ。あなたの歴を愛し、誰よりも惜しんだのはこの『九支』だ」

見つめ合ってから、私は笑った。最後のわだかまりが、雪のように解けていくのがわかった。

「うん」

「……のどかな娘よの」

呆れたように九支さんも笑った。

「ところで。あなたの考えはとうに読めている。どうせ滸楽たちを送ったあと、あなたも姿を消すつもりであったろう？」

「ば、バレてる！」

情けない気持ちになる。

それしか方法がない。このまま私が帰鼓廷にいたら、新暦の緋宮の負担になる。一部の貴人は私を殺そうとし、また別の者は利用しようと謀を巡らすだろう。

「大方このようなことを企んでいたのでは？『まれびとの女神は、おのれの世に戻った』などと」

「……ほら、まれびとって、居着いたらだめなんだよね？春日さんのためにもこのほうがいいよ」

「ええい、腹立たしい。私をどこまでも悪役にするとは」

またぺちぺち叩かれた。痛くないけど、あえて「痛い！」と言っておく。

「私がまれびとを送り出したことにする。行け」

「九支さん」

「礼は言うな。二度と、帰鼓廷に戻ってはならぬ。遠くへ行きなさい」

「……うん」

「誰にも傷つけられぬ地へ」

優しい声にはっとする。いつまでも聞いていたいような気持ちになる。でもそれは、願っちゃいけないことだった。

「……飛びついていい？」

「甘ったれめ」

とか罵りつつ、来い来い、というように九支さんが腕を広げる。やったね！

「さよなら、九支さん」

天つ神とともにいた人。緋剣たちとはまた違った意味で離れがたい。手酷く裏切られても嫌えない、特別な人だ。その姿を忘れないよう、しっかりと目に焼きつけておく。

「またいつかな」

「うん。いつか」

名残惜しさを振り切って、笑顔で身を離す。

「司狼に乗っていけ」

「わ、わぁ、司狼が潰れそうなほど荷物がある……」

私のために、旅の準備をしてくれたらしい。

「九支さん、皆に、バイバーイ！　って伝えて」

司狼を進ませながら振り向いた。

「馬鹿者め。ばいばいとはどういう意味だ」

「秘密！」

「……歴の書に、その言葉を記してやる」

「えええっ⁉」

「まれびとの、痕跡をな」

「――ありがとー‼」

笑いながら遠ざかる。

さよなら、緋宮の城。その守り手たち。

司狼を休ませるため、私は泉の近くで休憩を取った。途中で盗賊とかに出くわしたらどうしようと悩んだけれど、ふと気づいた。誰かに護られている。
最初は秘密の飲み会で知り合った善き神々かなと思った。そうじゃなかった。

以前に助けてくれたこともある、伊織の仲間の……犀鬼たちだった。

伊織の死を、陽都の出来事を、風の便りで聞いたんだろうか。

不思議な仮面をつけて顔を隠している彼らは、とある地点まで送ってくれると、一切声をかけてくることなく静かに去った。神々の通門が設けられている地域だ。

もう護らずとも大丈夫と判断したんだろう。

「あの子たちにも通門が見えていたのかな？」

それからまた黙々と進む。

「誰にも言わないで、出てきちゃったなあ」

心臓がどきどきしている。借りていた部屋も、片付けずにそのままだ。昼くらいになったら、さすがにどこへ行ったのかと怪しまれるだろう。

「胡汀、怒るかな」

朝火さんに薄情だと言われたけれど、その通りかもしれない。

「離れたいわけじゃないんだけど……叶うならずっと一緒にいたかったな」

なるべく軽い口調を心がけたものの、やっぱり無理がある。ひとりごとを落としている時点で既に強がっている証拠だ。

「私がそばにいると、胡汀の身も危険になる」

星神は、自身の国と民を失った。その神の魂を抱える胡汀から、蒸槻までも取り上げるわけにはいかない。二度、故郷を失うことになる。

「私もここに迷い込んだとき、故郷に戻れないことが、つらくてたまらなかった」

寂しくても恋しくても、離れなきゃ。

「まれびとは元の世界に帰ったってことにしないとね」

滸楽の子を産む白雨さんの夢の他に、もうひとつ印象的な光景を見た。

「界の川」

怨みに満ちた黒い川。古き暦を記した羽衣を燃やした日から、各地の黒川が透明に戻りつつあるという報せが新暦の緋宮のもとに届いていた。

「……夢の中で、私はまだ黒さを保っている川を発見した」

川から川へ。夢で見た景色を頼りに蒸槻を南下し、突き進む。

ふと、また何者かがついてきているような音が聞こえた。一旦司狼を止め、周囲を窺う。

「あなたたちは……滸楽？」

思わぬ者たちの姿を木々の横に発見し、驚く。津杙の地で、『我らは「人」となる』と、遠凪さんとは異なる主張をし、裏切った滸楽たちだ。

「どうして、ここに？……行くあては、あるの？」

彼らは深い疲労が滲む視線を寄越した。もしかして、人目を避けるように蒸槻の山中をさまよっているのは、どこにも居場所がないせいじゃないか。もう滸楽の郷にも戻れないはずだ。

そっちへ司狼を向けようとすると、彼らは途端に怯えを見せた。後退し、獣姿に変じると、じっと私を悲しげに見てから、静かに去っていく。

「いつか、きっと帰る場所が」

許されるときが来たら。そう思い、少しその場に留まったのち、私は司狼を進ませた。

太陽が真上に来たあたりで、奇妙な高ぶりを感じた。耳を澄ますと、水の音が聞こえる。息を呑み、そっちへと司狼を誘導する。

「あ――」

立ち並ぶ木々のあいだを抜けた直後。

夢と同じ川を発見した。

「本当に、あった」

私は司狼から下り、しばらく無心で川を見つめた。それから深呼吸し、未練を振り切って、九支さんが用意してくれた荷の中を確認する。

「制服があるはず」

これも、夢の通りだった。胡汀の屋敷から取り寄せ、緋宮の屋敷に置いていたものだ。

「九支さん、さすが」

私は制服を着て、川に飛び込む。すると。

「元の世界に、戻る」

故郷での私は、学校の階段から落ちて意識不明の状態。たった二日。それだけしか、元の世界では時間が経っていなかった。

向こうに戻ってもここでの記憶が残っているか、それとも失われているのかは、わからない。病室で目を開ける、という場面で、本当に夢から覚めたためだ。

手早く制服に着替える。

「変なの」

なんだかスカートが短く感じる。

「すかすかする……寒いし」

ひらひらした長い衣に慣れてしまったせいで、落ち着かない。布も硬く感じる。

「靴が決定的に合わない！」

さすがにブーツは、ここにない。

「でも裸足は無理。や、どっちにしろ川に飛び込むなら、靴はいらないか……」

司狼の頬を撫でながら呟く。

「おまえ、帰鼓廷に戻れる？　ここに置いていくことになってごめんね」

九支さんは本当に私が元の世界に戻るとまでは考えていないだろう。

それで、当分の間路頭に迷わないよう、こんなに荷物を準備してくれたに違いない。その心を思うと、しんみりする。もっと抱きついておけばよかった。

私は俯きそうになるのを堪え、空を見た。

「蒸槻よ。先代たる護女の最後の願いです。皆に、安らぎを。苦しんだ以上の幸せを彼らに授けて」

偶然か……いや、聞き届けてくれたのか、一陣の風が通り抜けた。春のぬくもりを含んだ風だった。髪を舞い上げ、ざあっと木々の葉を揺らす。

緋宮になりたての頃を思い出す。この世界を隅々まで愛おしむと誓った。そのとき九支さんは、「蒸槻をどうか、よろしくお望みくだされよ」と。

久遠を思わせる幽玄の世界。碧空には雲棚引き、日を浴びた金色の鳥が渡る。山々の稜線は霞に濁る。愛しい世界だ。深い、この異世界。

「──ありがとう」

涙ぐみそうになるのを気合いで防ぎ、胸を張る。

「……物事は原点に戻る！　先延ばししてないで、行こう！」

ぐっと拳を握り、覚悟を決める。

それにしてもだ。しばし川を凝視する。流れてる、黒い水が、ざっぱざぱに。

「……やばい、未練とは別の意味で飛び込みたくない！　でも向こうの世界に戻るにはこれしか……。が、頑張れ私。今こそ川の流れに逆らってみせる！……ってことを、前にも言った気がする」

一度死んで蘇った身だ。もう怖いものなんてなにもない！

私は「えーい！」と凜々しく飛び込――むことはやっぱりできず、へっぴり腰でちょろちょろっと片足から入ってみた。

「いくじなし！　私のいくじなし！」

でもムリ。ここの川ってばうねりすぎ！

最後の最後で発揮された小心っぷりに、あめつちも腹を立て、お仕置きしたくなったのか。身体を支えていた右足がずるりと滑った。よろめき、ぐらっと川側へ傾く。

「ええええっ！」

こんな帰り方情けなさすぎて嫌だ、そう焦るも体勢を戻せず川へとまっさかさま。

「――阿呆鳥め!!」

どす黒い怒りの声とともに、荒っぽく腕を掴まれた。う、うわあああ！　あと数センチって位置に川面！　危なっ、顔が水中に沈むところだった！

安全な場所まで移動させられ、ほっと胸を撫で下ろす。助かったー！

と、……安心したのはほんの一瞬だ。さあっと血の気が引いた。視線を上げられない。誰かが、私の前に立っているわけで。

「……」

「……」

まじやばい、これ。刃のような沈黙なんですが。

「知夏」

その声だけで気絶できそうだった。怖々と視線を上げる。恋というのはとてつもない魔法だ。恐ろしいのに、私を助けてくれたその人の顔を見た瞬間、胸が震える。静かな藍色の瞳。荒ぶるものを秘めた美しい男性。

「胡汀――」

途端、がしっと頭に手が乗る。というか、この手つきはまさか。

「ざ、雑草摑み!?」

違った。乱暴に髪を摑まれ、引き寄せられ。

そうして、口付けられた。

「愛している」

真っ白になった頭の中に滑り込む低い声。わけもわからぬまま、もう一度唇が押し当てられる。

「待って」も「お願い」も言えない。何度も何度も、啄まれる。何回めかわからなくなったとき、ようやく息継ぎとともに胡汀の身体を押しのけることに成功した。

「こ、こて……」

「阿呆鳥が」

え、え。

なにこれ、私、わからん！

今のキスが幻のような、恐ろしい悪魔の声音だ。

「おまえ、なんだその恰好は。馬鹿が」

「の、罵……っ」

最後まで言い返せなかった。怒気が凄い。

「おまえというやつは。勝手に飛び回って」

怒りながらも私を引き寄せ、またキスを……あぁもう!!

「胡汀!!」

「妻になれ」

「えっ!? ちょっと待っ」

「髪が長いせいでうまく雑草摑みができぬ」

「え、やっぱりさっき雑草摑みをしようと」

「碁子の群れが突然現れ、知らせてくれた」

「群れ？」

「おまえがいなくなると」

「ご、碁子ちゃん、なに教えちゃってるの!?」

「元の世界に戻るな」

「ええ、え、え」

「優しくする」

嵐だ。怒濤の言葉責めだ。お願い、もっと全体的にゆっくり！

「夢のように甘やかす。傷つかぬよう、愛するから」

「――」

「だいたいおまえ、俺がそばにいなくて平気なのか？」

「突然暴君！」

やっとしっかり目を合わせることができた。

胡汀は、相変わらずの暴君的な表情を浮かべていた。色々言いたい。ほんと言いたい。なのに、私は悲しくなる。会いたかったけど、会いたくなかった。

「……私、陽女神の力を使い果たしたよ。ただの知夏に戻ったみたいだから、星神様も胡汀も、その、惹かれる要素はなくなったかなと……」

「星神はもう、神々とともに消えた。前にも言っただろう」

――それは嘘だ。

ここは『蒸槻』の地だ。異国神の星神は、どうあっても救えない。

まだ胡汀の中に存在することを知っている。その証拠に、目尻から刺青が消えていない。

だから、陽女神の力をなくした私が一緒にいればいつか悩むようになるだろう。

胡汀は微笑んだ。

「馬鹿な娘」

優しい声だった。からかいと、かすかな不安の響きがあった。

「おまえを初めて見たとき、ああこの娘は俺の妻となる者だとわかった。なのに、おまえはなぜわからない？」

耳を疑う。

「異国から来て、帰る場所を失った娘。行き場をなくした俺自身を見ているようだった。星神として目覚めてはいなくとも、心のどこかで共鳴していた。だから、おまえをなんとしてでも救おうと思った。俺は決しておまえを裏切らず、捨てるものかと。おまえが幸せになれば、俺もまた救われる」

「胡汀」

「ところがだ！　おまえという娘は、俺の繊細な悩みなど見事に蹴散らすとんでもない鳥だった。阿呆鳥が緋宮になる。俺を怒らせ、惑わせ、混乱させ、目覚めさせて、憎ませた」

こう聞くと、私ってどんだけ台風系。

「あとは愛する以外にない。なあ、俺の鳥？」

「……私と一緒にいると、胡汀にも危険が」

「問題ない。オグニの地へ行く。時間をかけて、そこへ向かう。オグニがぜひ来いと」

あっと思った。誰も手出しのできない、幸有り し地。そこは、滸楽一族の郷にも近い。

「オグニが案じていた。……阿呆娘め、おまえの身体はもうぼろぼろなのだと。陽女神の末裔であろうと、その身は人だ。元々まれびとであるがゆえに、気の巡りも狂いやすい。その状態で巨の神力を一気に使った。オグニの地以外では最早耐えられぬ」

私はあたふたした。胡汀が頬に触れてくる。

「目を離すと、本当に襤褸鳥になる。もう離さない。毎日、隣にいるがいい」

居丈高な態度なのに、紡がれる声はどこまでも穏やかだった。

わずかに顎を持ち上げられる。触れる吐息。今度の口付けは、ただただ甘い。

少しずつ、少しずつ深くなり、絡まっていく。

私はびっくりし、狼狽えた。心拍数が普通じゃなかった。ありえない、これはたぶん夢だ。

私は夢の中にいる！

腰が砕けそうになり、胡汀の身体に腕を回してしがみつく。呼吸を必死に整えていると、彼に首元を撫でられた。

「また、あとでな」

「……あとって⁉」

「さあ、その衣を脱げ」

「今、なんて？」

「オグニが言っていた。その衣を川に流せ。それで、川の界は完全に清められる」

つい疑いの目で見てしまった。制服にそんな力があるだろうか。かなり怪しい。

「俺が脱がせてもいいが、それはやはりほぎの夜でないと。自分で脱げ」

「うん……ってほんと、なんて言ったの!?」

「早くしないか」

司狼に載せている荷から胡汀は手早く衣を引っ張り出した。私にそれを押しつけ、さっと背を向ける。

私は混乱を強めながらも、催促されるまま慌てて着替えた。

どうしたらいいんだろう！　故郷に戻るつもりだったのに。隙を見て川に飛び込む？

胡汀をここに置き去りにして？

心が乱れに乱れ、答えを見つけられない。

「終わったか？」

「う、うん」

胡汀は振り向くと、私の手から強引に制服を取り上げた。それを川に投げ入れようとして、ふと動きを止める。

「……嘘をついた」

い時間、彼を見つめる。

「衣を投げ入れても、なにも起こらぬ」

胡汀は困ったような、それでいて感情を殺そうとしているような、硬い表情を浮かべた。短い時間、彼を見つめる。

「え？」

私が消えたあとの、胡汀の日々を想像する。

しばらくのあいだは私を思い出してくれるだろうか。寂しいと感じるだろうか。

年月とともにその寂しさは薄れ、思い出す回数も減る。そして、誰かに恋をしたり、されたりする。このつらかった日々がやがて、懐かしいものへと変わる。

けれどそれは、私の想像だ。

今、目の前にいる現実の胡汀は、とても孤独に見えた。

「……胡汀は、私が一緒だと、幸せ？」

「ああ」

「いないと、不幸せ？」

「ああ」

私は制服と、黒い川を見比べた。その濁った流れの中に、家族の姿が見えた気がした。

懐かしい私の部屋。あたたかいベッド。弟とパン作り。私が用意したお茶を飲んで、両親が「美味しいね」って笑う。学校の友達。将棋仲間の校長先生。かけがえのない記憶の数々。

彼らへの愛しさが、熱の塊となって胸を突き上げる。

「きっと胡汀には知られていると思うけれど……私、故郷で周りの人たちにとても甘やかされていた」

「そうか」

「自分がすごく幸せで、でもそれが当たり前のように思えて、だからその幸せにちっとも気づかなかった」

私は笑い、両手で顔を覆った。

「家族に愛されていた。友達や先輩や、町内会のおじ様たちも優しかった。いつも笑顔で声をかけてくれた。あんなに幸せにしてもらったのに、私のほうは皆をちゃんと幸せにできていたのか、どうしてもわからない。それが本当に心残りで、不安で、いてもたってもいられなくなる。もっと、大好きだって伝えておけばよかった。私に幸せを注いでくれてありがとうって、たくさん言えばよかった。胡汀、私の家族は、どうなのかな。私が一緒だと、幸せ？　いないと、不幸せ？」

「知夏」

「心が引き裂かれそうになって、どうしよう」

「きっとおまえの家族は不幸だろう。おまえを失って、日々が色褪せたように思うだろう。その苦痛をわかっていても俺は彼らから、かわいいおまえを奪う。毎日、幸せだとわからなくなるほど幸せにするから、おまえが泣くときには必ずそばにいるから、どうか奪わせてくれ。おまえは少しも悪くない、俺が無理に彼らから奪い去るんだ」

胡汀が私を抱き締めた。

「眠っていてくれるか、おまえを攫って、遠い世に続くこの黒い川から遠ざかるまで。幸福な夢を見ていてくれ。そして目覚めたとき、夢よりもっと大きな幸福を捧げる」

「眠っていて、いいの？」

「ああ。俺が抱えていく。なにも案じることはない」

「夢を見て、いいの？」

「いい」

胡汀は私を抱き上げた。司狼の背に乗せ、自分も後ろに跨がる。

「さあ、眠れ」

私は胡汀の胸に寄りかかった。瞼を閉じると同時に涙がこぼれた。胡汀の指が、頬を拭う。

以前、二つの夢見をした。

滸楽に女の子が生まれる夢。故郷に戻る夢。

――その片方を手放し、川に流そう。

新たな天は真っ白だ。選択次第で、道は変わる。

自分の意志で、変えていける。

生まれ落ちたばかりの世は向こう見ずで、未知そのもので、希望と不安と驚きに満ちている。

そこで私は、新たな夢を見る。

きっと優しい夢を見る。

司狼がゆっくりと動き始めた。柔らかな歩み。揺りかごのように思えた。

目覚めたとき、どんな景色が待っているだろう？

それを知るのは、未来の私だけだ。

光が射す場所だといい。緑が輝く場所だといい。大好きな人たちが、いつも笑っていられるような。

長い衣の裾を翻し、弾みをつけて、飛び込みたい。

花咲く、愛しい、未来の中へ。

「──あの者が、異なる天から舞い降りた星神か？」
「顔の刺青は、殺めた神々の血を塗ったものだとか。おぞましいことだ」
「その野蛮な神が、身の程知らずにも花神に恋をしたという」

「天原でもっとも麗しい花乙女に?」

宴の席に、笑い声が響く。

悪意混じりに神々がくだんの星神を見遣る。

星神は嘲笑に気づきながらも黙殺し、座を離れて柱の陰にいる花神へと近づく。柱に巻き付く蔓と花。彼女のように瑞々しく美しい。

その白い花をちぎり、花神に差し出そうとする。

ところが可憐な花乙女は怯えた目をして、ぱっと衣を翻し、顔を覆った。

その様子を覗き見していた神々が、腹を抱えて笑い出す。

星神は羞恥心と怒りを抱き、花を握り潰した。呆気ない。これのように煩わしいものをみな、潰してしまおうか。すげない素振りを見せた花神も。

「見ろ、見ろ、あの表情! 卑しい異の神よ!」

「ああ、嫌だ。この香しい優美な天に泥の臭いをまき散らしている」

「血の臭いも」

立ち去りかけていた花神が、ふと振り向く。どうしてか、立ち止まらねばならぬ気がした。

「……花は、優しく触れてあげねば」

花を握り締めていた星神の手に、怖々と触れる。大きな手。熱と、力。それを秘めた男神の手だ。

花神は恥じらいを覚え、火に触れたようにすぐさまぱっと指を引いた。

神々が、また笑う。星神の胸中はいよいよ穏やかではなくなる。意地の悪い神々の声がうるさくてたまらない。だが。

『――剣ではなく花を掲げていれば』

ふと、幻の声が聞こえた。悲しげな響きが、彼のざわついていた気持ちを宥めた。

星神は躊躇の末、腰の剣を手に取った。報復されるのかと、神々が慌てふためき逃げていく。可哀想な花神は、恐ろしくて動けぬ様子だった。

星神は困ったように彼女を見遣り、その場に剣を捨てた。

それからもう一度、今度は散らさぬよう慎重な仕草で柱の花に手を伸ばす。

指の動きがあんまりおずおずとしているものだから、花神はつい微笑んだ。野卑と呼ばれ、誰からも恐れられている異国神が、小さな花ひとつ摘むのにこれほど手間取っている。

「花が、お好きなのですか?」

それなら、と花神が袖を振る。すべての蕾が開き、周囲に花びらが降り注ぐ。雪のように。

これは涙ではなく、祝福の花。

ひとひらの、恋が降る。

あとがき

こんにちは、糸森です。

花神遊戯伝、完結です。「終わりは、ぱっと華やかに！」というのを心に決めて書き進めてきました。

今は胸がいっぱいです。およそ二年半、ずっとこのシリーズが頭にあった気がします。最後まで楽しく書くことができました。

自分にとって思い出深い大事な物語となりました。ここで色々な裏話を……と考えておりましたが、嬉しいことに外伝を書かせていただけるというお話で。

本編はこれで幕を閉じますが、あと少し花神にお付き合いいただけましたら光栄です。

お力添えくださった方々へ、謝辞を。

担当者様、最後まで支えてくださってありがとうございます。鳴海ゆき様、一緒にシリーズを作ることができまして本当に光栄でした。ビーンズ文庫編集部の皆様、デザイナーさん、営業さん、本を並べてくださる書店さん、サポートしてくれる家族。心をこめまして、感謝！

本書を読んでくださる読者様。知夏と一緒に、先の見えない未来をわくわくしながら突っ走るような、そんな物語になっていたらいいなと思います。楽しんでいただけましたら幸せです。お付き合いくださり、ありがとうございました。それでは最後に。完結、やったー!!

糸森　環